都市風景線

劉 吶 鷗 著

水 沫 書 店

一 九 三 〇

內容

都市风景线

遊戲

在這「探戈宮」裏的一切都在一種旋律的動搖中——男女的肢體，五彩的燈光，和光亮的酒杯，紅綠的液體以及纖細的指頭，石榴色的嘴唇，發燄的眼光。中央一片光滑的地板反映着四周的椅桌和人們的錯雜的光景，使人覺得，好像入了魔宮一樣，心神都在一種魔力的勢力下。在這中間最精細又最敏捷的可算是那白衣的僕歐的動作，他們活潑潑地，正像穿花的蛺蝶一樣，由這一邊飛到那一邊，由那一邊又飛到別的一邊，而且一點也不露着粗魯的樣子。

空氣裏瀰漫着酒精，汗汁和油脂的混合物，使人們都沈醉在高度的興奮中。有露着牙哈哈大笑的半老漢，有用手臂作着嬌態唧唧地細談着的姑娘。那面，手托着頸，對着桌上的一瓶啤酒，老守着沈默的是一個獨身者。在這嬉嬉的人羣中要找出佔據了靠窗的一隻桌子的一對男女是不大容易的。

——呵呵呵呵。

——有什麼好笑呢？

——笑你樣子太奇怪啦，瞧，你的眼睛滿蓄着淚珠哪！

大概是多喝了點「車厘」吧！但是除了酒，我實在也找不到什麼安慰，移光，你相信嗎？我今天上午從朋友的家裏出來，從一條熱鬧的馬路走過的時候，我覺這個都市的一切都死掉了。塞滿街路上的汽車，軌道上的電車，從我的身邊，擦着肩，走過前面去的人們，廣告的招牌，玻璃，亂七八糟的店頭裝飾，都從我的眼界消滅了。我的眼前有的只是一片大沙漠，像太古一樣地沈默。那街上的喧囂的雜音；都變做吹着綠林的微風的細語，軌道上的轆轆的車聲，我以為是駱駝隊的小鈴響。最奇怪的，就是我忽然間看見一隻老虎跳將出來。我猛吃了一驚，急忙張開眼睛定神看時，原來是伏在那劈面走來的一位姑娘的肩膀上的一隻山猫的毛皮。這實在不能怪我，山猫的祖先原是老虎，因為失了戀愛，正在悲哀的時候，被獵戶捉去飼養，變成了猫兒，後來又想起牠的愛人，走到山野裏去，所以變了山猫的。總之，我的心實在寂寞不過了。倘若再添這些來時，或者我的生命的銀絲，載不起牠的重量，就此斷了。我只……

——到底你今天怎麼啦，這麼多的話語？

——……………！

他不答，只瞟了她一眼。這時他才知道一盒的火柴都一根根被他折斷了，弄得滿身都是碎梗。

忽然空氣動搖，一陣樂聲，警醒地嗚叫起來。正中樂隊裏一個樂手，把一枝Jazz的妖精一樣的Saxophone朝着人們亂吹。繼而鑼，鼓，琴，絃發抖地亂叫起來。這是阿弗利加黑人的囘想，是出獵前的祭祀，是血脈的躍動，是原始性的發現，鑼，鼓，琴，絃，嘰咕嘰咕。……

經過了這一陣的喧嘩，他已經把剛才的憂鬱拋到雲外去了。

——跳吧！

他放下酒杯說。

兩個肢體抱合了。全身的筋肉也和着那癲癇性的節律，發抖地戰慄起來。當覺得一陣暖溫的香氣從他們的下體直撲上他的鼻孔來的時候，他已經耽醉在麻痺性的音樂迷夢中了。迷朦的眼睛只望見一隻掛在一個雪白可愛的耳朶上的翡翠的耳墜兒在他鼻頭上跳動。他直挺起身子玩看着她，這一對很容易受驚的明眸，這個理智的前額，和在牠上面隨風飄動的短髮，這個瘦小而隆直的希臘式的鼻子，這一個圓形的嘴型和牠上下若離若合的豐膩的嘴唇，這不是近代的產物是什麼？他想起她在街上行走時的全身的運動和腰段以下的敏捷的動作。她那高聳起來的胸脯，那柔滑的鰻魚式的下節……但是，當他想起這些都不是爲他存在的，不久就要歸于別人的所有的時候，他巴不得把這一團的肉體卽刻吞下去，急忙把她緊抱了一下。

——步靑！

她叫了一聲，眼睜睜地望着他。

——………………。

他只默然，眼睛儘管地發談。

——步靑，他快要來了，你知道嗎？大槪後天吧！他的信說田地的他的工廠最近鬧了風潮，忙得避身不開，但是現在已經解決，大約兩天之內就可以到這兒來。他還說來時要買一輛「飛撲」，和雇兩個黑臉的車夫送給我哪！

——你眞的要跟他去嗎？

——或者，看那個時候我對他的感情怎麼樣。

——你愛着他嗎？

不，但是我覺得他還可愛，卓別靈式的鬍子，廣闊的肩膀。前一趟他到我家裏來的時候，他嘮嘮叨叨地說了一大半天的話，後來呢，說我的頸部多麼美麗，就把我摟入懷裏，就在頸部上任力吻了一下。那時我險些昏了過去，因爲從沒有人說過我的頸部是怎麼樣好看的。他是一個爽快的漢子。跟從他是可以不時快快活活地過活的。不像你太荒誕，太感傷，太浪漫的，哈哈哈！……

這晚他們從那兒出來的時候已經過了午夜了。電光眩耀着的門口除了只留着數輛的汽車以外，街上四下裏已經靜悄悄的了。兩排的街燈在那朦朦的白霧裏露着像肺病的患者的臉一樣的微弱的光線。遠遠地只聽見着修路工人的鏗鏗的鎚聲。樹蔭裏，鴟梟忽然叫了兩聲。

——我們走一點路吧！

他們于是互相擁抱着，漫步着，向那朦霧的深處跑去——一個想着後天的「飛撲」，一個想着要從他的懷裏溜出去的這鰻魚式的女子。

一天下午，在辦公室裏，他拿着一枝紅色的鉛筆，正在點寫時，忽然檯子上的電話響了。

——步青嗎？啊，是的。他今天走了。我們昨天麼，去坐車，晚上麼，去看美琪白蘭妮。他在我家裏住了一夜，說那面還有點事情，要先回去。我大概再過幾天也要離開這兒了。你忙嗎？要不要來看看我的「飛撲」。六汽缸的，意國製的一九二八年式的野遊車。眞正美麗，身體全部綠的，正和初夏的郊原調和。牠昨天馳了一大半天，連一點點吁喘的樣子都沒有，你說可愛不可愛？對啦，今天不要你來，我來找你吧！……不，不，我們在C公園相會吧！差不多……五點半！聽見了嗎？你怎麼不說，讓我一個人，…生氣了，是麼？我剛洗好澡，還沒有穿衣衫哪！好了，五點半，別弄錯，你的嘴唇來……

他放下了聽筒的時候，什麼也再想不出來了。他的耳朶充滿着她可氣又可愛的聲音，眼前只見她的影子在跳動——她剛出浴的肢體，濕了水的短髮，不穿襪子的足趾。……他只發默地默然坐着。

壁上自鳴鐘打了五下，他就胡亂地把檯子上的東西整理一下，拿下帽子就走。

一路上他想，她像是眞的要走的了。但是她不是愛着我麼？她從來對于我的愛情是虛僞的麼？不，誰也不相信她會說謊的。你看她說她愛着我的時候的那個神經質的嘴唇和那對談光射人的眼睛哪！至少她在說她愛着我的時候，她是不騙我的。就是這會她也是愛着我的，我相信。但是她却要走了？

黃昏的公園，遊人是不少的。兩個賣笑婦孜孜的笑着從他前面走過。一個素服的牧師坐在花蔭下看書。兩隻蝙蝠從那蔓籐中飛了出來，在低空中打了幾個圈子，又向池塘那面柳叢裏飛去了。他就找出一條空椅在那薔薇滿開的籬邊隱處坐下。微風，和濕潤的土味吹送來了一陣的甜蜜的淸香。這大概是從過于成熟，腐敗在樹間的果實來的吧！黃昏漸漸爬近身邊來，可是人們却一個也不想走，好像要把這可愛的殘光多挽留片刻一樣。忽然在他的眼前的微光裏，一對脆弱的肉色的女足現出來了。

——你這個人，眞……怎麽躱藏在這兒，給人家找了好一會。

她氣冲冲地說。

——那勞您的玉駕了。

說着他站了起來。

這是五層樓的一室，他憑着欄杆往外面望。黑黝黝的空中罩住一片生活的紅光，下底是一片的燈海。那些高高低低的樓房，只露着不明瞭的輪廓，像海底的沙堆一樣，疊在他的眼底下。近處一條燈光輝煌的街道，像一條大動脈一樣，貫串着這大都市的中央，無限地直伸上那黑暗的空中去。那中間的這些許多夜光蟲似的汽車，都急忙動着兩隻觸燈，轉來過去。那面交錯的光線裏所照出來的一簇螞蟻似的生物，大約是剛從戲園滾出來的人們吧！

他這天薄暮，出了公園，陪她去看了第二次的日戲，後來在附近的珈琲店裏簡單地吃了一餐大菜，就被她扭到這兒來了。——說是要同他談一夕離別的話。

忽然一隻手腕搭上他肩膀。

——看什麼？外面有什麼好看呢？來吧！我們來談話吧！

她扭扭扯扯一定要拉他到裏面去。不提防，蹌了一步，踏不上堦段，哇的一聲，滑了一交，他急忙挽她起來，扶入房裏，使她坐下。她在燈光下，褪下襪子來看，埋怨地說，

——叫你好好進來，你不要，你看哪，皮都捲起來了。

他看她雪白的脛上有了兩三點的血珠，就從衣袋裏掏出一條新鮮的手帕，忙跪下去，給她拂拭。忽一陣強烈的溫氣，從她胸脯直撲過來，他覺得昏眩，急想起來時，兩隻柔軟的手腕已經纏住了他的頸部了。——鼻頭上是兩顆火辣辣的眼睛，鼻下是一粒深紅色的櫻桃。他像觸着了電氣一樣。再想迴避也避不得了。

雪白的大床巾起了波紋了。他在他嘴唇邊發見了一排不是他自己的牙齒。他感覺着一陣的熱氣從他身底下鑽將起來，只覺呼吸困都難。一隻光閃閃的眼睛在他的眼睛的下面凝視着他，使他感覺着苦痛，但是忽然消失了。貞操的破片同時也像扭碎的白紙一樣，一片片，墜到床下去。空中兩隻小足也隨着下來。他覺得一切都消滅了。

——你眞瘦哪！

一會兒，她撫弄着他的頭髮說。

——你怎麼這樣地戰慄；眞不像平常的你。你怕，是不是？

——不，我不怕。你愛我嗎？

——怎麼！這不是證據嗎？

——那麼，他呢？

——他？啊，我知道了。你這個小孩子，怎麼在這會兒想起他來了？我對你老實說，我或者明天起開始愛着他，但是此刻，除了你，我是沒有愛誰的。你呢？你愛我嗎？

——你知道的。

——那不是好了嗎？還有什麼話說。你我都有權利的哪！

——他要問你要呢？

——不會，他那種爽快的人，是不會發起這種疑問的。就使他問，我只對他說我跟別人家的女兒並沒有什麼分別就好了。

——他相信嗎？

——怎麼不相信，就是老練家也有錯誤的……

——但是他不相信呢？

——那我們管他不着了。文雅的人總知道女人是不常說眞實的。他們總不敢發那種關于女人的祕密的愚問的。

——…………。

他語塞了，不知怎麼應她才好。他覺得他自己太軟弱了。他替將來的她底男人悲哀，又替現在的自己悲哀。

——喲，想什麼東西？好好一個人，怎麼又消沉了？

她不依地，兩隻手腕緊鎖住他，亂搖。

溫和的陽光，爽朗地射在清晨的月台上。那面是剛被工廠裏的汽笛聲從睡夢中驚醒起來的大都會的臉子。牠好像怕人家看見了牠昨晚所做的罪惡一樣，還被着一重朦朦的睡衣。火車快要開了。一陣陣怱忙的步履聲也都停止了。

她看見他眼裏有了兩點珠光，忙對着他孜孜地笑着說，

——忘記了吧！我們愉快地相愛，愉快地分別了不好麽？

她去了，走着他不知的道路去了。他跟着一簇的人滾出了那車站。一路上想：愉快地……愉快地……這是什麽意思呢？……都會的詼諧麽？哈，哈，……不禁一陣辣酸的笑聲從他的肚裏滾了出來。鋪道上的脚，脚，脚，脚……一會兒他就混在人羣中被這餓鬼似的都會呑了進去了。

風景

人們是坐在速度的上面的。原野飛過了。小河飛過了。茅舍，石橋，柳樹，一切的風景都只在眼膜中佔了片刻的存在就消滅了。但是，這裏，在燃青手中展開的一份油味新鮮的報紙上的羅馬的兵士一樣的活字却靜靜地，在從車窗射進來的早上的陽光中，跟着車輛的舒服的動搖，震動着。燃青是爲要得到下星期月曜日將在新都開的一個重要會議的智識，被趕出了那充滿着油味和紙嗅的昏暗的編輯室，到這早晨的特別快車上來的。

搭客並不多。除了幾個武裝凜凜的八字鬍的將校格的軍官們和一個帶着家族的商人型的胖子以外，稍爲引人注意的就要算坐在前頭的一對像新婚的甜味還殘留在嘴唇上的年青的夫婦。車中是滿着，含着阿摩尼亞的田原的清風的。燃青像服了一帖健康的湯藥一樣，把前夜的種種放蕩的記憶和一切從都會裏帶來的不潔的印象拋出腦筋外面，覺得甦生了一樣地爽快。火車剛開不過半個鐘頭，忽然又飛過郊外第三個小站了。拿着小竹竿的牧牛童，向着天風大聲叫喊着。李樹下的鷄羣，像得了老鷹的攻襲驚報一樣，向着瓜田裏爭先地飛走。燃青正要翻過報紙的別面來看時，忽然來了一個女人站在他臉前。

——對不住，先生。

她像是剛從餐車出來，嘴邊還帶着強烈的巴西珈琲的香味，燃青站起來，讓她進去把頭上的一個小皮包拿下來當做臂墊子坐下，才知道他是估錯了人家的位子。於是便在對面一條空椅上坐下。這一次，風景却是逆行了，從背後飛將過來，從前面飛了過去。但是風景此時在燃青，却和他手中的裁兵問題，胡漢民的時局觀，比國的富豪的慘死跟革命的 talkie 影片一樣不是問題了。他的眼睛自然是受眼前的實在的場面和人物的引誘。

看了那男孩式的斷髮和那歐化的痕跡顯明的短裾的衣衫，誰也知道她是近代都會的所產，然而她那個理智的直線的鼻子和那對敏活而不容易受驚的眼睛却就是都會裏也是不易找到的。肢體雖是嬌小，但是胸前和腰邊處處的豐膩的曲線是會使人想起肌肉的彈力的。若是從那頸部，經過了兩邊的圓小的肩頭，直伸到上臂的兩條曲線判斷，人們總知道她是剛從德蘭的畫布上跳出來的。但是最有特長的却是那像一顆小小的，過於成熟而破開了的石榴一樣的神經質的嘴唇。太太，當然不是，姨太太更不是。女學生，不像是年紀……燃青正在玩味的時候，忽然看見石榴裂開，耳邊來了一陣響亮的金屬聲音。

——我有什麽好看呢，先生？

燃青稍為嚇了一下，急忙舉起眼睛來時恰嚙了她的視線。兩顆含着微笑的銀星。

——你還是對鏡子看看自己哪，先生，多麼可愛的一幅男性的臉子！

他的驚愕增大了。他雖受不起她的眼光的壓迫，但也不就把視線移開，大膽地說，

——對不住，夫人，不，小姐，我覺得美麗的東西是應該得到人們的欣賞才不失牠的存在的目的的，你說對不對？

——眞會說……可是，這一路線，你是常走的吧！

又是微笑的銀星。

——對啦，職業上……但是這麼可愛的早車，我却是第一次。

他們的會話就這樣地開始了。燃青為要保持紳士的尊嚴，並不去向她尋根

問背，但是她却什麼都說了。自由和大膽的表現像是她的天性，她像是把幾世紀來被壓迫在男性底下的女性的年深月久的積憤裝在她口裏和動作上的。從她的話裏，燃青知道了她是一個大機關裏的辦事員，而且已經是一位夫人。她的丈夫是最近去在這條鐵路上的一個縣裏當着要職的。

——那麼，你是要去找他的了吧！

——對啦，本來他應該在每個 week-end 回來一次的，但是這一次因爲他那兒有些事情，所以前次他回來的時候叫我一定在這個 week-end 到他那兒去陪他一兩天，並去賞賞縣裏的風光。

她是用着微笑和自若的態度講的，對於她這不藏不蔽的小孩氣，燃青不但不覺得好笑，而反生起了敬畏和親愛的心。

忽然一陣隆隆的聲音從車輛的底下響將起來。過橋了。由河原吹上來的青色的涼風把她額下的短髮翻過一邊，使她眼底的微笑越發精彩。她把手中的小鏡子收在匣箱裏，再續上她的話了。

——後來我對他說，如果他不能回來，就在縣裏找個可愛的女人陪一兩天不是很好嗎？大大的一個縣裏漂亮的女人總是不少的，要找個適意的女人總算不難。但是他反說，縣裏的女人他是不敢領教的。他的意思是縣裏的女人不但是沒有都會的女人那樣經過教養的優美的舉動，就是有了優美的舉動，也沒有都會的女人特有的對於異性的強烈的，末梢的刺激美感。他是文化的讚美者，但是我的意見却有些不同。我想一切都會的東西是不健全的。人們只學着野蠻人赤裸裸地把眞實的感情流露出來的時候，才能夠得到眞實的快樂。

——你的意見眞不錯。但是，有時候像你這樣標緻的都會人也是很使人們醉倒的。不瞞你說，我自看見了你的瞬間，我這顆喘吁吁的心臟已經就在你掌握中了。

微笑的眼睛和微笑的眼睛的嚙合。同時隔開了他們倆的中間的檯子底下的燃青的脛骨上也受了尖銳的一擊。痛雖是很痛，可是心裏却覺得是一種酸快的痛。他向下看見了，兩隻踏在像鴿子一樣地可愛的高跟鞋上的小足，和露在短裾口的兩顆圓圓的膝頭。

——我不想你這樣缺乏油脂的人也會說這種話。

——你說我瘦是嗎？瘦，瘦身體才能直線的。直線的又是現代生活的緊要的質素哪！

火車走近車站了。水渠的那面是一座古色蒼然，半傾半頹的城牆。兩艘揚着白帆的小艇在那微風的水上正像兩隻白鵝從中世的舊夢中浮出來的一樣。燃青覺得他好像被扭退到兩三世紀以前去了。

停車了。跟着一陣陣喧囂的人聲，車內的空氣也漸漸地不安起來。下車的，上車的，叫賣的，搬行李的，接客的，送客的。那個商人胖子的小的女孩因她母親不肯給她買洋囝囝竟哭將起來。全車站裏奏的是jazz的快調。站在煤的黑山的半腹，手裏急忙動着鐵鏟的兩個巨大的裝煤夫，正構造着一幅表現派的德國畫。燃青又在現在甦生了。同時他聽見他眼前這個不常碰到的漂亮的旅伴對他說，

——我若是暫在這兒下車，你要陪我下車嗎？

女人的眼睛是講着什麼似的。燃青是暗中摸索的樣子。半刻他便恭敬地向她說，

——夫人直線的地請我，我只好直線的地從命是了。我覺得這像是我的義務。

兩個人的行李合起來就是兩隻小提包。他們下來時，從機關車剛起一道白色的蒸氣，出發的汽笛就響了。

開門進去就有一陣濃厚的空氣觸鼻。No. 4711的香味，白粉的，襪子的，汗汁的，潮濕了的皮包的，脂油的，酸化鐵的，藥品的，這些許多的味混合起來造出一種氣體的cocktail。這裏是旅館的一房間。僕歐放下手裏的東西走出之後，女人忽然抱着燃青，在他唇上偸了一個蠻猛的吻，然後說，

——我從頭就愛了你了。

她去對着大鏡梳理了一會頭髮，回來拉他的手說

——我們外面去吧！這麽可愛的地方。

燃青雖是不服，但是他知道去翻女人的瞬間的想念是無益的。

傍路開着一朶向日葵。秋初的陽光是帶黃的。跨在驢上的鄉下的姑娘，順着那驢子的小步的反動，把身腰向前後舒服地搖動着，走了過去。雜草裏的成對的兩隻白羊，舉着怪異的眼睛來望這兩個不意的訪客。下了斜坡，郊外的路就被一所錯雜的綠林遮斷了。

分開着樹枝，走着沒有路的路進去時，他們就看見眼前一個小丘。一隻粉頭的鳥兒飛過頭上去了。她說她的足痛，把那雙高跟鞋脫起來拿在手中，用着那高價的絲襪踏着草地上爬上丘去。

她是放出籠外的小鳥。她跳動着兩隻好像是只適合於柏油鋪道上的行走的奢華的小足向前一步一步強健地爬上去，花邊從裾裏露出來了。到頂上時兩個人都是喘吁吁的。額角浮出了幾粒眞珠。但是大腿下却覺得草地眞是涼爽的。

——我每到這樣的地方就想起衣服眞是討厭的東西。

她一邊說着一邊就把身上的衣服脫得精光，只留着一件極薄的紗肉衣。在素絹一樣光滑的肌膚上，數十條的多惱河正顯着碧綠的清流。吊襪帶紅紅地嚙着雪白的大腿。

——看什麼？若不是尊重了你這紳士，我早巳把自然的美衣穿起來了。你快也把那機械般的衣服脫下來吧！

燃青雖然被她嚇了一驚，但是他在這疲乏的時候却也眞覺得這衣服眞是機械似的，眞是無用的長物。他再想，不但這衣服是機械似的，就是我們住的家屋也變成機械了。直線和角度構成的一切的建築和器具，裝電線，通水管，暖氣管，瓦斯管，屋上又要方棚，人們不是住在機械的中央嗎？今天，在這樣的地方可算是脫離了機械的束縛，回到自然的家裏來的了。他不禁向空中吸了兩口沒有煤氣的空氣，勃然覺得全身爽快起來。同時又覺得道原始的熱火從他的身體上流過去。

他這時知道女人怎麼忍耐着足痛，快跑了許多的路帶他到這樣寂寞的地方來的了。

——你對雲講着什麼話？

——我正想着你這身體跟你的思想正像那片紅雲一樣，自由自在，無拘無束。

——眞的嗎？那麼我就要使牠無拘無束伸展出來了。

她的眼裏點起火來了，軟綿綿的手臂早巳纏上頸部去。

地上的疎草是一片青色的床巾。

這天傍晚，車站的站長看見了他早上看見過的一對男女走進上行的列車去——一個是要替報社去得會議的智識，一個是要去陪她的丈夫過個空閒的week-end。

流

紫色的黃昏支配着場內，一層薄煙的輕紗罩住着人們的頭上，辨不大出他們的正體。人並不多，廳也不大。四面石竹色的粉壁上飛舞着一羣有翅膀的小愛神，向人們張着危險的弓箭。

鏡秋跟着堂文坐下去時，覺得臀部下有了柔軟的反動力，舒服和安靜的意識，同時眼睛的面前就有了白的東西光閃着。巨大的圓背上，一個精光的禿頭顱。他的旁邊是一隻亞拉斯加的黑熊。熊是斷了頭髮的。褐色的絹絲的斷面下垂墮着一對動搖着的翡翠。

——不多幾分鐘了。

堂文好像怕擾亂了場內沉靜的空氣似的，在鏡秋的耳朵邊輕輕地吹了幾個音。

堂文和鏡秋是主僕的關係。鏡秋是被堂文的父親，一個大紡織業家，買去了腦筋和精力，做了他的紡織機的一部，替他生剩餘價値的。當初鏡秋也不過是他們工廠裏幾千雇用人員中的普通的一個，然而這剛離了學校裏的實驗室的青年，不知道那一部分被老主人看中了，入廠後不幾時，竟被收用做祕藏人員，連住也搬到主人自己的宏大的家裏去了。老主人的意思好像是要把他留在自己的跟前，預備做一個現年十三歲的女兒的丈夫的後補，好令將來幫助着不大聰明的自己的兒子，顧護自己的事業的永遠的發展。實在這種事情在豪富的家庭裏是常有的，因爲豪家們的兒子大都逃不出遺傳原理的支配，成人之後，多具有怠懶，放蕩，發狂種種的危險性。鏡秋不用說是跌入了老廠主的女兒政策的一個。

——這兒本來是不應該兩個男人同來的，損失太多了。

正苦着趕不出酒後的憂愁的鏡秋忽又聽見身邊的堂文少爺，指着貼在前列的椅背上的小白紙條，這樣說。紙條上是「開映中不許發奇聲，唯手足的實行不妨，」幾個外國字。鏡秋覺得堂文嘴角邊一個猥邪的微笑射住了他。

忽一會，不曉得從什麼地方出來的桃色的光線把場內的景色浮照出來了。左邊的幾個麗服的婦人急忙扭起有花紋的薄肩巾角來遮住了臉。人們好像走進了新婚的帳圍裏似的，桃色的感情一層層律動的起來。這樣過了片刻，機械的聲音一響，場內變成黑暗，對面的白幕上就有了銀光的閃動。尖銳的視線一齊射上去。

含有刺戟性的好色的法文的長文一過，就現出一幅剛出了水的維那斯之圖。

站在海邊的維那斯把身子hula 式地搖了幾搖，葡萄的香露水便滴下小丘的蔬草上去。冒犯規則了，嘻嘻的聲音忽在黑暗中發了兩個。其次是嫫娜凡娜，在敵將的行營內脫去了大衣的凡娜。敵將是忘了戰爭嗎，被花香魅倒了的黃蜂似的，只把鼻尖拿到花心間去旋轉着。過去是神經昏亂了的愛麗司小姐。但是在旅館的大餐廳上丟去了抹胸的她却並不失神，登上嘻嘻地狡笑着的眼睛和牙齒齊射的酒檯上便跳起却爾斯頓來。

一瞬間，鏡秋前面的禿光頭傾斜了，同時他便看見黑熊的頭變了兩個。哈哈，這是所謂兩個男子同來的損失的理由嗎，他心裏想着，覺得剛才多喝了點的 Old Tom 在他的血脈裏發作起來。手足只是發抖着桃色的興奮。

然而銀幕上的風景又換了。這回是兩隻螳螂相鬬之圖。打了敗仗的雄的螳螂昏醉地，但是很滿足地一直等着雌的來把他漸漸地吞下去。誰說雌的是弱者呢？忽然 Close-up 來了。蓬亂的黃金絹絲，死去了而活着的眼睛，裂開的石榴，行空的足。又是 long-shot。激情泛濫了。筋肉的吸引，反抗，骨節鳴動的聲音……眼都花了。

紫色的黃昏忽又支配了場內，人們都回歸現實了。鏡秋覺得眼底裏發燄，腦筋像要破裂似的，急想走時，堂文緊扭住他細聲地說，

——忙什麽，還有哪，更妙的……喂，喂，鏡秋你瞧，那不是青雲嗎？

鏡秋忙坐下來睜大眼睛看時，果然坐在前幾列右方的柱邊一個少婦的朦朧的半面畫確實是青雲。青雲是堂文父親的第三房。但是雖在這地方發見了她的踪跡，鏡秋却並不覺得怎樣稀奇。因爲老太太逝世之後，主人再娶了第四房，家裏的幾個主婦中她就算是最空閒的了。家事有第二房料理着，小小姐是家庭教師曉瑛看護着，老爺又還醉在第四次的新婚的夢裏不醒，有了吃，有了穿，

天天只與無聊相對着，誰禁得住她不出來閒散一下。雖說這地方有點不妥，但是若不是老爺教示了她，她那裏會曉得。鏡秋覺得堂文話裏似乎有刺，忍不住心頭的鬱憤，忙說：

——青雲是青雲，但是我們都來了，你叫她不要來呢。

——喂，你……不是來不來，你看看她的鄰席哪。

堂文不滿足地用嘴角向那面撅了一撅說。

鏡秋再抬頭看時，眞的看見她跟鄰席的一個養着巧妙的考爾門式的髫子的青年，肩膀相依靠着，不知道密切地在講些什麽。但是這時，忽見半面畫一轉，那面射過兩道眼光來。一瞬間，青雲臉上的一種很大的搖動，是鏡秋不能放過的。她也注意到這兒兩個人的存在了。

這時幸虧壁面上的銀光再閃了。這一次是走出了原野的野獸•輪舞。互鬪。

雌的變做雄的，雄的變做雌的。幾隻雄的鬪一隻雌的，幾隻雌的鬪一隻雄的。牙和牙的相砍，肢和肢的相擊……可是鏡秋覺得堂文的精神是不全在畫面上了的。他的興味似乎移到青雲的身上去了。

映完之後，鏡秋便在微光中看見青雲忽忽地向身邊的青年私語了幾句，離開了他，走近堂文這兒來，眼底裏蓄着兩顆眞珠。

——鬍子眞漂亮呢？

堂文把「捉住了」改了這樣說。

瞬間，恐怖捉住了她，但是隨後勉強的微笑却從淚痕的臉上浮泛出來了。

——呃，

她不應而鈎上了堂文的手臂，拉着走了幾步，抬起笑臉央求地向他說，

——我們外面走一走好麼。

跟着一叢人，下了石堦，踏着碎石小路，經過中庭的菊花壇，就出了武裝的鐵柵門。再穿過幾所房屋，轉了兩轉，三個人就踏出了小巷的陰影，同時街道的鋪石上便印出了三個瘦長的影子。

淡黃的光線還在透明的空氣底下亂舞着。被葉兒棄掉了的樹木從頭上向行人伸着乞憐的裸手足。有點冷。鏡秋跟着堂文和青雲的背後走着，緊把兩邊的肩膀聳起來，使寂寞的頭部縮進大衣的領襟裏去。

鏡秋還按不住被刺戟了的神經的跳動，默默地心裏想。哼，這就是堂文之所謂眼睛的diner de luxe嗎？化着工人們流了半年的苦汗都拿不到的洋錢，只得了一個多鐘頭的桃色的興奮。怪不得下層的人們常要鬧不平。富人們的優越感情我也有點懂得，可是他們對着舒服的生活，綢織的文化，還有多少時候可以留戀呢？就從今天來在那兒的觀客看，他們身雖裹着柔軟的呢絨，高價的毛皮，誰知他們的體內不是腐朽了的呢。他們多半不是歇斯底里的女人，不是性的不能的老頭兒嗎？他們能有多少力量再擔起以後的社會？

羊毛的圍巾，兩條，裹着處女的酥胸迫近來了。劉海的疏陰下，碧青的眸子把未放的感情藏匿着。獨身者，攜着手杖當做妻子，摩着肩過去。鼻子和髭子移進煙斗來了。披着青衣的郵筒在路旁，開着口，現出飢餓的神色。

——怎樣啦，鏡秋，快點跑。

堂文和青雲停步在前頭叫着。他此時的臉上諷刺的神氣已經銷沈。滿臉的春風早把青雲的短髮吹動起來了。

——天氣太好了，我們想再走幾步，你先回去吧。

——好的。你們可說定個地方我好叫阿榮開汽車來接。

——用不到了，你回去就是，我們晚餐或者不回來的。

——哼。

鏡秋只從鼻子裏哼出半個聲音，這時他的輕蔑的臉色，他們並不曾注意到。

鏡秋心裏充滿着無名的鬱悴，一個人坐了電車回到家裏來時已經上燈了。他經過書廳時聽見曉瑛還在教着小姐的書。他並不去驚動他們一徑回到隔院自己的房間。但是被強烈的酒，神經的刺戟，和一種義憤喚了起來的他的心奥的愛情，却煩纏着他，使他一刻也不感覺安寧。他是愛着曉瑛的。但是問題却是曉瑛對他不時都像是永久冰結着的炬火。曉瑛是今年的春天應着報上的徵求來在楊家裏專工教小姐的課外書的。她的履歷，鏡秋所知道的只是她曾在內地的大學念過兩年書，後來因爲鬧了風潮，被開除了而已。這半年來，她會完全佔領了鏡秋的心，使他顚狂欲倒似的，並不是她有了美麗的容姿，或是有了什麽動人的聲色。她可以說是一個近代的男性化了的女子。肌膚是淺黑的，發育了的四肢像是母獸的一樣地粗大而有彈力。當然斷了髮，但是不曾見她搽過司丹康。黑白分明的眸子不時從那額角的散亂着的短髮陰下射着人們。可是鏡秋却老是熱狂着她，不曉得感到了她的什麽魅力。

鏡秋在房裏踱來踱去的走了半天，仍不能把發了性子的神經鎮靜下去，於是便拿出籐椅子來在堦下輕煙似的殘光裏抽着香煙。東方的露空裏掛起土耳其的國旗來了。

——你不忙嗎？

忽然曉瑛，手裏拿着一本書，微笑着，站在他的背後問。鏡秋不答而向後抬起頭來看着她想，又是問字了。曉瑛常常拿着英文的難的單語來問他。前一次曾拿了一本布哈林的英譯的唯物史論來，一定要他把「史的」的意義說明給她聽。

——你只在問書的時候，纔像個有感情的人呢。

她並不想答應，手指着書上的一頁說。

——這是英文嗎？怎麼念的，a priori?

——曉瑛，我愛着你哪，我這心你不懂嗎？

鏡秋緊急捉住了她的手臂，眼睛圓睜睜地問着她。但是曉瑛却只給了他一眼，脫了他的手，慢慢地拾起墮在地上書來，不見有半點感情的變動。

——你不懂嗎，我要你做妻子？

鏡秋再用力表明着說。

然而曉瑛仍不答覆，自去坐在石頭上，默默地翻看着書。鏡秋滿身的血躍動着，不知道怎麼纔好。他覺得眼底一道熱水滾了出來，便去蹲在她脚邊的草地上，用柔聲，懇求地對她說着。

——曉瑛，我這心，你眞的不懂嗎？我爲你弄得理性都昏亂了。我從來不是這樣的人……我這半年來對於你的崇拜，眞是不能鼓起你心裏半點波紋嗎？你想信我吧，我要你做妻子哪。你好好的給我一個回音，好嗎？

——你再繼續愛着吧，我很歡喜看你愛着哪，正像一隻可愛的狂獸！

曉瑛半微笑着這樣囘答。

鏡秋覺得好像被宣告了死刑一樣，站起來，點着了香煙急速地大嘴抽着。

——Good morning!

——Kou-m-o-o-o.

——Prince of Wales has lost his hat!

——Cri……

小姐在院子裏的燈下教着鸚鵡學英文。是愉快的晚飯後。鏡秋腋下夾着一根手杖想走過院子時，小姐忽叫住了他說，

——那兒去，鏡秋！

——沒有，街上去散步。

鏡秋沒精采地說。

——我也要去。

黃色的聲音。鏡秋雖覺得不耐煩，但也不見得有什不好的理由。

——你要去，向二姨去說一聲。

——好，你等着，別走了。

她飛也似的走了進去。一會，披着毛圍巾出來。於是兩個人便走出了大牆

門。小姐的愛狗沙留基看見了追上去，一塊兒走。

兩個人出了樹木路。四圍是靜寂的，很少人影。遙遙的東面的黑空，受着熱鬧的區域的燈光的反照，布出一大片的紅彩。

——你歡喜倪先生嗎？我今天什麼都看見了。

忽然小姐靠近鏡秋說。女子十三是半大人了。鏡秋不禁覺得一跳。

——沒有法子呢，她不喜歡你，她有點傻哪。她接着說。

——別講先生的壞話。

——怕什麼，我不喜歡她。

——你喜歡誰，那麼？

——爺我不喜歡，哥哥更不。二姨，三姨四姨都不喜歡。我最喜歡死去了的媽。她最痛愛我呢。第二，我……你。我歡喜你。

她抬起頭來，微笑着羞怯怯地瞧着鏡秋。鏡秋眞想不到會從這不懂什麽的小女的口裏聽出這種話。他可憐了被曉瑛戲弄的自己，同時感激這個小女對於自己的莫名其妙的羡慕的感情，卽時覺得心裏有想把這弱小的身體緊抱入懷裏的衝動。他站住在街角的巨大的房子的陰影內，把那小小的鵝蛋臉扶在雙手裏，熱看了半晌，温柔地說：

——你眞可愛！

這時她那小朱唇，尖縮着，向他湊上來，等着他的接吻。但是鏡秋却躊躇了。他覺得不該在這黑暗的街頭偸小女的吻。而且她的愛狗沙留基不是蹲在鋪石上監視着他們嗎？牠那大的木耳似的下垂的耳朶，金閃閃的眼睛，和挺起强健的，敏快的前腿，坐在鋪道上的樣子，現出好像是她的守護神。然而牠却動也不動，神氣彷彿要說「愛撫嗎？愛撫是我們看慣的，有什麽希奇。我們的祖先曾在 Sphinx 的脚邊的金飾的帳幕內天天看着 Pharaon 和他的美麗的妃子做着祕戲呢。」於是鏡秋便向下印下了一個強烈的吻，把向着曉瑛洩不出去的感情塞入這小小的朱唇內。

他們兜了一個圈子，在一家美國人的珈琲店的爐邊吃了兩杯冰淇淋就囘來了。

鏡秋把小姐送同上房，囘到自己的房門時，忽覺得裏面有燈光。他一進去，就看見曉瑛披着斗篷在桌上翻書。又是問書了，他想。

——囘來了嗎，小姐呢？

她不囘顧着問。

——小姐上房去了。你問什麼字？

——沒有什麼字，你還是自由地睡了吧，我不敢請教你了。

——哼，在 lady 的當前睡覺？你想教把etiquette改作了嗎，是不是？

——用不到改，假如覺得一個人不高興，我可以陪你睡。

哼，又來搬弄了，鏡秋想。可是她却閉了看着的書站起來，把斗篷脫了，裏面只掛着的一層薄薄的睡衣露出了。秋鏡摸不着腦筋，當她一跳就想攢入床裏去的瞬間，他把她捉在腕裏，興奮着，問，

——別嚇人，你是不是認眞要嫁我了？

——有什麼嫁不嫁。冷哪，讓我睡了吧。

鏡秋覺得好像被狐精迷了的樣子，一時想不出什麼來，但是他的強大的手臂竟像得到了什麼不意的美餌似地，早咬入彈性的肌肉去了。

上面是接吻的驟雨。

翌晨，鏡秋口裏發着尖聲，吹着無名的小曲到工廠裏去。但是工廠的空氣却不是他心裏那麽樣地晴朗。兩三天前工人的形勢，就變險惡了。紛亂的事件是工人們要求廠主實行前次廠主預約了他們的工作增漲期的工資的昇加。在這工廠，工人和廠主的紛擾，調停的職役不時都是落到鏡秋一個人身上來的。因爲廠主知道他在工人間很有衆望。廠主對他的好遇大半也就是爲了這個。但是這一次却不見得那麽簡單了。他在廠主和工人們的代表兩者間跑了好幾次還不見得有解决的曙光。在鏡秋看起來這事情完全是廠主的不對。約定，無論是那一種，本來是應該踐行的。何況工作增漲了許多，而且是很苦的。然而廠主却說，增資是增的，但是要待明春。照他這樣子推測，鏡秋疑心主人是要在這增漲期的過後，拿着沒有工作做理由把工人一個個漸漸地開除了的。地覺得很不快，這天不到放工的時候就先走了。

街上剛是rush hour。電車，汽車，黃包車的奔流冲洗着街道。鏡秋在許多人頭和肩膀的中間游泳着走去。兩匹黃狐跳過了，蹲在碧眼女兒肩上。然而鏡秋却忽然走入神仙故事的國裏去了。玻璃櫥的裏面，洋囡囡正與老虎，大象，獅子和這些猢猻，大耳狗，黑猫，耗子的小動物嬉嬉地遊戲着。只是半臉黑，半臉白的比也魯却站在櫥裏的一角，紅着眼圈，無故地流着淚。

可是神仙故事的國裏却也響着警醒的暴音，玻璃上映出來的是街頭的美利堅兵從車夫的頭上降了一身的銅貨的珠雨，足蹴了兩蹴，口裏亂駡着，揚揚得意地走了去的圖畫。對啦，鏡秋想，不是做着夢的。這是現實的國裏呢。這些做着苦馬的棕色的人們，和這輝煌的大商店裏的商品成山的堆積，是表示着什麽呢？這些車馬的潮流，這些人頭的汎濫？這個都市不是有了這些骯髒的棕色的人們纔活着的嗎？是的，他們是這都市的血液，他們驅駛着全身使機械活動，使人們吃着東西，穿着東西，使這都市有壽命，有活力。這都市的一切都是出於他們的手裏的，誰說這都市的全財產不是他們的呢。但是他們却不時都像牛馬似的被人驅使。

賣報的俄人在他的臉前提出一頁的外國文來了。頭號活字的標題報的是外國的皇帝卽位祝賀式的盛況，但是外國的皇帝卽位跟這國的這些人們有什麼關係呢，鏡秋想，那用得到這麼大的報告。新聞記者的頭腦是昏亂了嗎？但是，不錯，外國的皇帝不是買服了他們的體力的主人嗎？

——啊，老爺，老爺！

化子伸着長手在鏡秋臉前叫。恰巧他身邊沒有半個銅子。

——啊，老爺？啊？

化子在後好像責着他。他並沒有半點乞憐神氣，態度很是不遜。然而鏡秋却這樣想，是的，要討一點被人家掠奪了去的東西回來，何必客氣。

啊，鏡秋！

這一次却是美麗的金屬聲從後面喚着。鏡秋回頭時看見是青雲一個人，手裏拿着一大堆物品，被大百貨店的築建的怪物吐出在大門口。

——快來給我幫忙一下。

這是命令，鏡秋想着，走上去。

於是鏡秋便跟着她橫斷了油滑的馬路再進對面的一間百貨店裏去。綢緞部闃聚着一切虛榮的女人們。這種好，這個也要，長三在狎客的臉前不顧他的眼睛變黑，變白，甜密地說着。全絲面的法國緞子是燈光下的鏡子。

——這好看嗎？

青雲把緞子卷纏在腰身上，裝着體態，輕笑地問。

——啊，不錯！可是你穿起了這個到街上去跑，恐怕要嚇死了小膽的人們呢，正像一條出洞的青絲蛇！

他們又在樓下買了一瓶"nuit espagnole"的香水便出來。

——你不覺得肚子餓嗎？我們吃點東西回去吧，晚飯還早呢。

鏡秋從命跟她進了廣東麵食店。她們覓了溫暖的一角的box，隔着條小檯子相對着坐下。歐僕走了之後她便拿出粉紙來搽着鼻子。

——怎麼，你累了是嗎？

——不。

——滿臉憂容，你不高興跟我同吃嗎？

——不，工廠裏的形勢你曉得嗎？

——工廠裏……又是要鬧工潮了，是嗎？那却很有趣。

——人家拚命的問題，你只覺得有趣兩個字嗎？工廠不是又是你的主人的嗎？

——不，我對一切的現像都感覺得有趣。第一，我自己的辦法是很有趣的，你不曉得嗎？

——哼，怎麼樣子？

——主人不是很有錢的嗎？我們只須拿點溫柔的手段出來，是多少都可以得到的。穿有，用有……所以我要儘量地狂逛他個痛快。

——怎……

——有，有錢有時也是很無聊的。你知道他是那麼衰老了的。時常不找點刺戟……新鮮的，有變化的。

——哼，新，變化，你好像很歡喜考爾門式的鬍子呢。

——考爾門式的鬍子？……啊，那天的那一個？我都忘了。可是不成功的呢，被堂文……你們吵鬧着。

——後來你們到什麼地方去散步，旅館？

——曉得了，還要問。

她微笑着，拿起了僕歐和點心一塊搬來的湯匙。兩個吃着，再繼續會話下去。

——你歡喜他嗎？不怕主人知道？

——因爲怕知道，所以……。他以前有機會就鬧着我。但你曉得他只是皮和骨造成的，誰要他。那天是無奈何，不然，他一告訴了，我不知道怎麼好呢。我在女學生時有個青年很愛慕着我。他的樣子很可愛，又溫善。我也很愛着他，可惜他家裏不大好。我畢業後，就到楊家來了，我不喜歡工作，怕餓死。不曉得他以後怎麽了。……可是堂文呢，我看他不敢再來胡亂了。我已經教示了他。他那種身軀是太無理的。第二期，你知道嗎，胸膛。我想教他個後來不敢，種種地搬弄着他，用盡我全身的氣力，像這樣的……

檯子下的鏡秋的腿上感到了別的兩條腿的軟肉的強緊的壓力，急忙放下剛拿起來的湯匙，迴避了對面一對發餤似的視線。

——鏡秋，你這腿多麽強大有力呢？我從未曾看見過的。

這時青雲已經吃完了碗裏的東西，揩過嘴，拿出粉紙來專搽着臉。她裝着魅人的體態說：

——我覺得很累了，買東西，東跑西跑，你要不要陪我找個地方去休息一下？

鏡秋只對她點了點頭，給她表示個多謝，於是便站起來，替她給了錢，把她扭也似的帶着走出街上來。但是一到小巷口，他却忽然叫住了一輛黃汽車，把那捉不着頭緒的她和她的許多物品，一塊兒推進車裏去。

鏡秋重又一個人走着，覺得好像看完了一部資本主義掠奪史一樣，心底裏很不愉快。

回到家裏一看，曉瑛跟小姐應該在着的書廳上却靜寂寂地一個人也不在。問了問丫頭，纔說倪先生早上有兩個女人來叫了她出去，中飯也沒有回來吃過。小姐是到愛文義路姨母家裏去了。

這晚上他焦急地等了好幾個鐘頭，却並不見曉瑛半個影子回來。

第二天早晨是微雨。鏡秋因爲起得慢一點，簡單地吃了碗麵，便奔到工廠去。工廠內工人們螞蟻似的一堆堆在細雨中的空地上私私地議論着，不聽見有機械的聲音。眞的罷了，鏡秋想着，正要走進總務處時，忽然從傍邊出來的兩個工人代表看見了是他，急忙湊近去說，

——吳先生，你再來替我們出力一下。廠主對你好一點。雖然我們的陣容是已經預備好了的。

鏡秋，一脚踏着石階上，停了半晌，咬了一會牙根，方纔堅决地說，

——好，算在我身上。你們稍等一下。

總務處裏面，老廠主正集着幹部的人員，討論着對付方法，老廠主一看是鏡秋，便說，

——來了嗎，鏡秋。你再來展個手段。叫他們只再等兩三個月。

——成的，廠主。我看還是承諾了他們的要求吧。這一次不比前回，他

們的戰鬥力是充足的。要由罷工而損失巨大的利益，不如一個人一天加了他二十個銅子兒。

——儍子，吃什麽飯！一個人二十，一個月多三千多塊錢，你曉得嗎？此刻就給我滾出去。可惜了我的米。

鏡秋覺得好像看見了一隻老了的野獸，爭吃着半隻小兔肉雷吼着一樣，並不覺得可怕，只覺得好笑。廠主的頑迷，可惡，他老早就吃不消了。

——哼哼，三千塊還是拿去買串珠送給幾房的太太去分送她們的情人吧！

他並不想紛爭，只這樣留了幾句利刺刺的話，走出外面來。

但，忽然看見曉瑛在一羣正在廠內示威的女工們的前頭，手裏拿着面小紅旗，高聲叫喚着。哈，就在這兒幹着這種事情嗎，他想，忙湊近去，似乎要說，好久不見了，我多麽焦急着要看你呢。可是曉瑛却把他上下看了一會，一話不講，神氣似乎要說，你以爲我愛上了你了嗎？前晚上那是一時的閒散，工作正多呢，那裏有工夫愛着你。

對啦！鏡秋一瞬間想，臭老頭，你打算開除了我就沒有工作嗎？眞的工作在這兒剛要起手呢。我不是活着要被人家使用的，我是爲要工作生出來的呢！

於是，下了很大的決心，他便挺起他那澎湃然有風的身體來了。

熱情之骨

午後的街頭是被閒靜侵透了的，只有秋陽的金色的鱗光在那樹影橫斜的鋪道上跳躍着。從泊拉達那斯的疎葉間漏過來的藍青色的澄空，掠將頰邊過去的和暖的氣流，和這氣流裏的不知從何處帶來的爛熟的栗子的甜的芳香，都使着比也爾薰醉在一種興奮的快感中，早把出門時的憂鬱趕回家裏去了。他覺得渾身的勢力奔流，好像有什麼不意的美滿在前頭等着他似的，就把散步的手杖輕輕地漫拖着走。

可是這時從他肩膀摩擦過去的兩個白帽藍衣的女尼，却把他喚到故國家鄉的幻影裏去了。也是這一樣天清氣朗的太陽之國，地中海的沿岸。他走的是一條赭褐色的岩邊的小徑。傍邊是這些像吃飽了日光，在午夢裏睡覺着的龍舌蘭。前面的空際是一座巍巍地聳立着的蒼然的古城，脚底下的一邊，接近斷崖深處，是一框受着吉夫拉爾達爾那面夕陽反照的碧油油的海水。雜草間微風把羅馬時代的廢趾的土味送過來。他彷彿聽了噴泉邊村裏汲水的女兒們嬉笑的聲音。然而他好像感覺到了什麼氣味似的，忽在一片光亮的玻璃前住步了。

玻璃的近旁瀰漫着色彩和香味。玻璃的裏面是一些潤濕而新鮮的生命在歌唱着。玫瑰花和翠菊，滿身披着柔軟的陽光正在那兒談笑。好樂的丁香花也同那怕羞的 Marguerite老是不依地吵鬧着。只是瓶裏頭的鬱金香却伸着懶腰，張開大口，打着呵欠，想抽空睡一睡午覺。比也爾在棕櫚的後面看見一個女性的背影，便出一扇半開着，寫着「Say it with flowers」的金字的小門進去。

——你這兒是有香橙花的嗎，姑娘？

從花的園牖中跳起來的是一個花妖似的動人的女兒。

——你要香橙花嗎，先生？那你不到溫室裏去是沒有的。

一對圓睜睜的眼波，比也爾心頭跳了一下。

——是的嗎？可是誘惑我進來的確是香橙花香呵。

——啊，先生是不是剛喝過可可？你試聞一聞這花看哪，可不是彷彿有那種香？

她把一朵從這些淵明菊，Cineraire的中間拾起來的大輪金盞花，拿到她這買花客的刮得光滑可愛，刀跡蒼然的下頦去。

比也爾向後稍退，把手杖從腋下拿了下來說，

——不錯，正是這個。可是你怎麼說我剛喝了可可？

——……

比也爾只看見紅海裏浮出兩扇的白帆，并聽見人魚答應的聲音。比也爾再用眼光催促着她。

——呃，我只覺得在甜密的興奮之後，聞了這金盞花，似乎有那種相近香橙花香的。

——喲，姑娘，你像是從春神的花園裏出來的。

比也爾從沒見過像在他襟前纖弱地動着的那樣秀膩的小手。他想，把這朵金盞花換了這一隻小手，常掛在胸前觀賞可不是很有趣的嗎？他想把慄動着的嘴唇湊近去時，那小手已經縮回去了。

——我看你好像很是熱愛着香橙花的呢，先生？

——哼，香橙花嗎？我對你說。我家鄉的小村是團聚在橙樹的綠林中的。住在村裏，四時可以聞見微風把橙香和鳥聲一塊送過來。而且我也曾在陽光和暖的橙樹下獻給了眞實的心腸，也曾在橙香微醉裏嘗了紅唇兒的滋味。我每喝香橙水，聞到了那種芳烈的氣味，就想起一對像地中海水一樣地碧綠的眼睛。

——喝，那麽好的地方嗎？西班牙？意大利？

——Non! Le Midi! Southern France!

——啊！Riviera, Côte d'azur 嗎，蜜月旅行最好的？我以前也很想……但現在，……

這時攜着小孩的婦人的顧客進來了。

——那麽，再會！這朶天竺牡丹也插去吧！今年是天竺牡丹在墨西哥發見的第三百五十年。

比也爾抱着爽朗的感情走出了花店時，聽見背後金絲雀叫了兩三聲。街頭依然曬着澄媚的秋光。

比也爾還是個二十四五歲的青年。他是生在常年受着太陽的恩惠的法國南方的。那對閃爍的眼底下的深窩，表着他奔放的熱情。那延到深棕色的頭髮上去的白皙的額角，表着他的無限的想像力，他在自己的村裏學好了一些寫和讀，就被人送到中部一個城裏的僧侶書院。他的童年時代的大部就在這壯嚴的高牆中過去的。在那裏他天天只是在拉丁文的古籍中埋着頭，對着正[illegible]教義研磨。但是在這少年鬱勃的胸中，就是有了多麼宏大的羅馬文化，處女受胎的故事也是不能生出效力的。他要求的並不是沒生命的過去，他的願望確是自然切實的現在。於是他的感情便學着院內那些攀牆摸壁的藤蔓的樣，爬過那層重厚的牆垣了。他時常利用假期回南方去，在青空下跟着同年輩的異性如同大地上的野獸似的自然地遊戲。完結了這沉重的過程，他便上都城巴黎去。在這兒，幾年間，他的心神並不全是在專門的政治教典上的，他學了在盧森堡公園幹戀愛的方法。他也跟着了同學，朋友們追逐酒店的女兒。在郊外的Bois de Boulogne的晨星下掠奪女同學的處子之誇，也算是他這幾年間所收獲的一個。

然而在這幾年間他到底得到了什麽呢！他的精神不是依然飢餓着嗎？雖然一踏進酒店，夜光杯裏是充滿着萊茵地方的美酒，檯子上就有濃豔的女脚跳着癲癇性的却爾斯頓，結局聽說往時一到冬天從附近的樹林就有豺狼出來咬人的巴黎市的灰色的曇空，是他懨惡的。他仰慕着日光，仰慕着蒼穹下的自由。就使這兒幾年間所得到的一些像罩住賽因河上的北方的水霧一般的印象和感覺一時消滅了去，他也是絲毫不感到憐惜的。所以他就和畢業同時棄掉了那灰霧裏的都市，到這西歐人理想中的黃金國，浪漫的巢穴的東洋來了。

但是一來之後，他是大半爲之失望了的。他覺得手裏拿着鐵鏟的白色禽獸滿擠在黃金國的門口。來不上半年，就有同僚的一個先輩，爲了經濟上的日的，說少壯的外交官是不應該孤零一個人的，拿着一個近視眼的女兒強迫着他娶做妻子。所以他這一年來的外國生活都是不愉快的事情居多。但是他不絕望。他覺得一定有像羅諦小說中一樣的故事，或是女性在什麽他不曉得的地方等着他。

這就在今天實現了。他眞不相信這麽動人，這麽可愛的菊子竟會這麽近在眼前。他想一想，覺得她的全身從頭至尾差不多沒有一節不是可愛的。那黑眸像是深藏着東洋的熱情，那兩扇眞珠色的耳朵不是 Venus 從海裏出生的貝殼嗎？那腰的四圍的微妙的運動有的是雨果詩中那些近東女子們所沒有的神祕性。纖細的蛾眉，啊！那不任一握的小足！比較那動物的的西歐女是多麽脆弱可愛啊！這一定是不會把薔薇花的床上的好夢打破的。比也爾一想到這兒只覺得心頭跳動。

比也爾的兩脚再被揪到那間小花店裏去的是隔天的下午。

可是比也爾在那兒尋出的却是一個四五歲的小女。小女量一量他的樣子，就做着手勢，口裏像說，

——姊姊嗎？就來了。

不一會她眞的來了。她認出了是他，便露出滿臉的笑容，表示着無上的歡迎說，

——是先生嗎？再給你一朶金盞花兒好嗎，大輪的？

比也爾還未答應便雙手拿一個辦事室用的小皮包，獻出一個結着紅麗綳的美麗的盒子。

——這是馬爾塞的巧格力糖，同小妹妹來吃吃吧！

她開了的口，片刻不能合了下來。但是她並不客氣地說，

——謝謝你，先生。可是我不知道這樣破費你好不好。

三人就在鳳尾草的吊盆下賞起馬爾塞庖丁的腕力來。尤其是小妹妹，好像急遽地覺得這碧眼的洋先生一時親密起來了一樣，大塊小塊儘管吃馬爾塞的巧格力糖聽說有初戀的滋味，你相信嗎！

——那我不大知道，可是我記得我們女學校的朋友們都把巧格力糖當做一種接吻的代名詞。

——啾，啁，啁啾。

金絲雀像說着「我也要吃」似的叫了兩三聲。

吃也吃完，談笑也談飽了的這天黃昏時候，比也爾只得了她明天同去看日戲的應諾，就怱怱地離開了那家芸芳滿室的花店。

戲院的路是通着菜館的，菜館的路又通着舞場。就是那郊外處處好驅車的坦平的道路也不像同這些沒有連接的。何況又在這秋光澄媚的時候呢？由過去的一個月，比也爾已知道了金髮的女兒所喜歡的，黑髮的女兒也無不喜歡。她現在已經向他開口就「比也爾！比也爾，啊，比也爾」的叫了起來了。然而這一個月間，關於女人自身，比也爾所得到的知識却很少。他只知道了她也和碧眼的女兒一樣歡喜吃糖菓，歡喜喝混合酒，歡喜看蹴球的比賽，和她以前也曾在市內的外國人辦的學堂裏念過好幾年書，經過很奢華的生活。至於她的家庭怎麽樣呢，比也爾是不明白的。她似乎不大願意說，比也爾也怕聽見她這樣可愛的女人有了臉黃骨枯，終日躺在床上對着小紅燈的父親，和跑起路來恰像水鴨陸行的母親。那個小妹妹又怎麽同她住在一塊，這也是他願意知道而不知道的。然而他所關心的究竟是她一個人。他若能夠時常聽見她那講起外國話來有特別魅人的聲音。能夠不時看見那對神祕的黑眼睛，他是什麽都可以不問的。

一天晚上，從影戲院出來，比也爾便把那嬌小的身體夾到月明的河岸上去了。岸傍是一隻大型的麼托船待着他們。

渴了的喉嚨，一杯的威司基曹達使他們甦生了。阿爾哥爾把他們從銀幕所受的幻影趕了出去。她說船裏太暖，把那緞子的薄外套脫了下來，就在窗邊柔軟的坐褥上躺下。

船穿過了兩條新月形的大橋，一直向河口駛去。夜半的水上是寂無人聲的。月光使水面跳着金色的魚鱗。從船窗望去，濛霧裏的大建築物的黑影恰像是都會的妖怪。大門口那兩盞大頭燈就是一對嚇人的眼睛。

——這兒好了吧！覺得青草的氣味嗎？

從司機室出來的比也爾說，

——不，桂花吧！什麼地方呢？

——海岸公園的下面。

比也爾看見她兩個眼圈被體內的熱氣烘得粉紅，便接着說，

——把這燈熄了吧，涼爽一點。

她的輪廓在淡黃色的月光裏浮映出來了。頭髮是小岡上的疎草。

——你看那顆金星哪；不是不時都孤零嗎？我以前就像牠，但是自從得到了你之後，我就有了領前的明燈了。你知道我是熱愛着你的。

比也爾把她摟在懷裏，在她的頭髮上印下了嘴唇。這樣寂靜的半夜，身在月明的船上，與愛人共感着同一的脈搏，他覺得世間的一切都消沈了。橙樹的香風也吹不到他的身邊，巴黎的霧景也喚不起他心絃上的波紋。他只覺這是天上並非人間。

——Ma chérie,你不冷吧！

她搖頭，疎髮下只是醉眼朦朧。

這時比也爾的內面好像一道熱湯滾了起來一樣。他覺得從她頸部昇上來的一種暖氣是不能忍耐的。他心頭一跳，便把她軟綿綿的身體放在坐褥上，喘出幾個聲音來。

——Ma chérie,我…………

在那強大的壓迫的下面，那脆弱的身體像要潰碎了。她並不抵抗，只以醉眼望着他。但是忽然櫻桃一破，她說，

——給我五百元好麽？

比也爾一時好像從頭上被覆了一盆冷水一樣地跳了起來。他只是跪在椅褥下，把抱着腰圍的兩手放鬆，半响不能講出半句話來。他想，夢盡了，熱情也飛了，什麽一切都完了。他眞猜不出這女人爲什麽在這個時候說出這種話來。我

的愛人竟個是常人以下的娼婦嗎？他不能相信自己了。幻滅，落膽，他只好在玫瑰路中彷徨了。並不是金錢的問題，五百元也不夠買自己想買給她的鑽石的戒指。他想她眞是在打趣他。他覺得自己眞是可憐，同時又覺得一種憤怒，眼圈卽時熱將起來。半晌他站起來默默地開了燈；走進司機室裏去。寂靜的水上被發動機的聲音打破了。這時女人也已經爬了起來，整好紛亂的衣衫，披上了外套，出神地，默坐在那蒼靑半明的燈光下。

高層的建築物造成的午夜的深巷的鋪道上。兩個黑影寂寞寞地走去了。比也爾覺得那天上的月亮也在笑他。他那裏預想得到這身邊的有靈魂的人物竟是一塊不值三文的肉塊。突然透過一層寒冷的空氣來了一陣長長短短，斷斷續續，嘈雜不齊的汽笛聲。街店的玻璃也在響應了。他這時纔知道他忘了這市裏有這麽許多的輪船和工廠。比也爾把他那跌落了泥土的愛人送囘家裏去，囘來踏上自己的寓所的堦段時，東方的天空裏已經浮出一片紅雲了。

第二天比也爾整天臥在床上。辦公是不在他頭裏的。一直到了那秋日的餘光在西窗邊躊躇不去的時候，侍者纔拏了一封桃色的封信進來。比也爾翻了起來坐在床上，兩隻手像了縮筋一樣地戰慄着。眼光像要透過紙背。用不到說是她的手蹟。雖是不大高明的外國文，然而所欲講的却講得很清楚。牠的大意是這樣：

我眞想不到你會這麼樣生氣。你的愛我，我是很知道的。但是我對於你的心理，你却有些不知道。你以爲我是一個未嫁的女兒，可是我已經是人家的妻子了。蕭兒，就是我們的女兒。我的丈夫因爲他時常在遠方，所以你未曾見過一次，然而我們母子都是很愛着他的。就對你說了也不要緊，我是這市裏名家的女兒哪。你不相信就請向長安寺街的盡頭那個花園裏的那間大洋房裏面的人們問問看。我的丈夫以前是我們的家庭教師。他雖不是富裕，然而他却是勇敢奮鬥的青年。我會愛上了他，雖說一半是爲了他的美貌，但是大部實是爲了他的美麗的精神。不然我那會不顧家人的反對，棄掉了一切舒服適快的生活，跟他走來做這賣花的生意呢？但是這賣花的生意一做起來我就覺得牠的滋味和牠的意義了。自己要糊口的自己賺，至少比住在那壯美的房屋，穿好衣，吃好飯是更有意思的。

有了這樣一個家庭而更在過去的一個月內，跟着你吃，跟着你看，這不是沒思想的人做得到的。何況又肯委身於你呢？比也爾，不，先生，你想想看吧。你說我太金錢的嗎？但是在這一切抽象的東西，如正義，道德的價值都可以用金錢買的經濟時代，你叫我不要拿貞操向自己所心許的人換點緊急要用的錢來用嗎？在我五百塊錢，如果向我父親寫一封信去，不說五百塊，就是五千塊也可以馬上拿到手裏的。可是我覺得向你要便當一點。我知道你是不會吝惜這五百塊錢的。就是這一個月間你爲我花的也不在這數目的兩倍之下吧！還是你說我不應該在那個時候說出來嗎？我本來是不受管束的女人，想說就說，那種不能把自己的思想隨時隨刻表示出來的人們是我所不能理解的。我這個人太Materielle 也好的。

你每開口就像詩人一樣地做詩，但是你所要求的那種詩，在這個時代是什麼地方都找不到的。詩的內容已經變換了。就使有詩在你的眼前，恐怕你也看不出吧。這好了，好讓你去做着往時的舊夢。

玲玉上

比也爾·普涅先生。

把這個看完，比也爾便像呑下了鐵釘一樣地憂鬱起來。

二八，十，二六。

兩個時間的不感症者

晴朗的午後。

遊倦了的白雲兩大片，流着光閃閃的汗珠，停留在對面高層建築物造成的連山的頭上。遠遠地眺望着這些都市的牆圍，而在眼下俯瞰着一片曠大的青草原的一座高架台，這會早已被爲賭心熱狂了的人們滾成爲蟻巢一般了。緊張變爲失望的紙片，被人撕碎滿散在水門汀上。一面歡喜便變了多情的微風，把緊密地依貼着愛人身邊的女兒的綠裙翻開了。除了扒手和姨太太，望遠鏡和春大衣便是今天的兩大客人。但是這單說他們的衣袋裏還充滿着五元鈔票的話。塵埃，嘴沫，暗淚和馬糞的臭氣發散在鬱悴的天空裏，而跟人們的決意，緊張，失望，落膽，意外，歡喜造成一個飽和狀態的雰圍氣　。可是太得意的 Union Jack 却依然在美麗的青空中隨風飄漾着朱紅的微笑。There,they are off! 八匹特選的名馬向前一趨，於是一哩一掛得的今天的最終賽便開始了。

這時極度的緊張已經旋風一般地捉住了站在台階上人堆裏的H的全身了。因爲他把今天所贏的三四十張鈔票想試個自己的運氣，盡都買了一匹五號馬的獨贏。

——啊，三馬落後了。

——不。三馬是棕色的。

——你買七號嗎？

——不，七號騎手靠不住，我買了五號。

雖然有人在身邊交換着這樣興奮了的高聲的會話，但是走不進H的耳裏，他把垂下來的前髮用手向後搔上去，仍把眼睛釘住在草原的那面一堆移動着的紅紅綠綠的人馬。

忽然一陣 Cyclamen 的香味使他的頭轉過去了。不曉得幾時背後來了這一個溫柔的貨色，當他回頭時眼睛裏便映入一位 sportive 的近代型女性。透亮的法國綢下，有彈力的肌肉好像跟着輕微運動一塊兒顫動着。視線容易地接觸了。小的櫻桃兒一綻裂，微笑便從碧湖裏射過來。H只覺眼睛有點不能從那被 opera bag 稍為遮着的，從灰黑色的襪子透出來的兩隻白膝頭離開，但是另外一個強烈的意識却還占住在他的腦裏。

Come on Onta……！

——Bravo，大拉司！

一陣轟音把他喚到周圍不安的空氣和囂聲中，隨後一團的速力便在他眼前箭一般地穿過了。五號馬不是確在前頭嗎！這突然的意識眞使他全身的神經戰動起來。他不覺喝了個彩。於是便緊握着手裏的紙票，推出了人堆，不顧前後的跑到台下的支付處去。

H把支付窗口占住了時，隨後早就暴風一般地吹上了一團的人。個個臉上都有點悅色。不知道分配多少，這就像是他們這會唯一的關心。但H，隱忍着背後的人們的壓力，思想已經飛到這錢拿到時的用法去了。

——先生，這個替我拿一拿好嗎？

忽然身邊有涼爽的聲音，有輕推他肩膀的手。H翻過身來看鐵欄外站的是剛才在台上對他微笑的女人。她眼裏表示着一種好朋友的親密。H雖然被她這唐突的請求嚇了一下，但是馬上便顯出對於女人殷勤的樣子說：

——好的好的，你也買了五號？

女人用微笑答着，把素手裏的幾張青票子遞給了他，便移着奢華的身子避開了這些暴力的人們。等不上兩三分鐘分牌人就來了。於是一句「二十五元！」便從嘴裏走過了嘴裏。洋錢和銀角在櫃上作響着，算盤就開始活動了。

好易容把將近一千元的鈔票拿到，脫出了人羣，就走向站在人們不擠的地方的她去。一個等待着的微笑。

——謝謝你！

——不客氣。眞擠得要命。

H略舉起帽子，重新地表示了個敬意，便從衣袋裏抽出手帕來拭着額角上的汗珠。

——那麼，怎樣辦呢，就在這兒嗎！

H示着手裏的一束鈔票說。

——怎麼可以呢，坐也不能坐。

哼，H心裏想一想，這麼爽快又漂亮的一個女兒，把她當做一根手杖帶在馬路上走一走倒是不錯的。如果她……肯呢，就把這一束碰運氣的意外錢整束的送給了她也沒有什麼關係。他心裏這樣下了一個決意，於是便說，

夫人，不，小姐是一個人來的嗎？

——可不是呢！

——那麼，找個地方休息去，可以罷？

——也好的，我此刻並不忙。

——那麼，那邊街角有家美國人的喫茶店，那面很清淨，冰淇淋也很講究。

——那可以隨便的。

她說着時忽被一個匆忙的人從背後推了一下，險些碰到H的身上來。H忙把她的手腕握定，但她却一點不露什麽感情，反緊緊地挾住了他的腕，戀人一般地拉着便走。

失了氣力的人們和急忙算着鈔票的人們都流向南面的大門口去了。一刻鐘前還是那麽緊張的場內，此刻已變成像抽去了氣的氣球一般地消沉着，只剩着這些惡運的紙票的碎片隨風旋舞。不一會兩個新侶伴便跟着一羣人走出馬臭很重的馬霍路上來了。

——那麽，就從這面走一走吧，熱閙一點。

坐了半個鐘頭，用冷的飲料醫過了渴，從喫茶店走出馬路上來的H們已經是幾年的親友了。知道散步在近代的戀愛是個不能缺的要素，因爲牠是不長久的愛情的存在的唯一的示威，所以他一出來便這樣提議。他想，這麽美麗的午後，又有這麽解事的侶伴是應該 demostrate 的。懷裏又有了這麽多的錢，就使她要去停留在大商店的玻璃橱前不走也是不怕她的。

殘日還撫摩着西洋梧桐新綠的梢頭。鋪道是擦了油一樣地光滑的。輕快地，活潑地，兩個人的跫音在水門汀上律韻地響着。一個穿着黃土色制服的外國兵帶着個半東方種的女人前面來了。他們也是今天新交的一對呢！在這都市一切都是暫時和方便，比較地不變的就算這從街上豎起來的建築物的斷崖吧，但這也不過是四五十年的存在呢。H這樣想着，一會便覺得身邊熱閙起來了。這是因爲他們已經走進了商業區的原故。

在馬路的交义處停留着好些甲蟲似的汽車。"Fontegnac 1929"的一輛稍爲誘惑了H的眼睛，但他是不會忘記身邊的 fair sex 的。他一手扶助着她，横斷了馬路，於是便用最優雅的動作把她像手杖一般地從左腕搬過了右腕。市內三大怪物的百貨店便在眼前了。

從賽馬場到喫茶店，從喫茶店到熱鬧的馬路上並不是什麼稀奇的道程，可是好出風頭的地方往往不是好的散步道。不意從前頭來的一個青年瞧了瞧H所帶的女人，便展着猜疑的眼睛，在他們的跟前站定了。

——還早呢，T，已經來了嗎！

尚且是女人先開口。

——這是H。我們是賽馬囘來的。這是T。

H感覺着了這突然的三角關係的苦味，輕輕對T點一點頭便向女人問。

——你和T先生有什麼約沒有？

——有是有的，可是……我們一塊走吧。

T好像有點不服，但也沒有法子，只得便這樣提議。

——那麽，就到這兒的茶舞去，好嗎？

H是只好隨便了。他眞不懂這女人跟人家有了約怎麽不早點說，這樣答應了自己兩個人的散步，這會又另外地鈎起一個旁的人來。

五分鐘之後他們就坐在微昏的舞場的一角了。茶舞好像正在酣熱中。客人，舞女和音樂隊員都呈着熱烘烘的樣子。H把周圍看了一看，覺得雰圍氣還好，很可以坐坐，但他總想這些懂也不懂什麽的，年紀過輕的舞女眞是不能適他的口味。他實在沒有意思跳舞，可是他對於這女人的興味並沒有失去。或者在華爾慈的旋律中把她抱在懷裏，再開始強要的交涉吧。這樣他想着，於是便把稍累了的身體用強烈的黑珈琲鼓勵起來。

——怎麽樣，賽馬好玩嗎？

一會兒T.對女人問。

——不是賽馬好玩，看人和贏錢好玩呵。

——你贏了嗎，多少？

——我倒不怎麽，H贏得多呢。

向H投過來的一隻神妙的眼睛。

——H先生贏了多少？

——沒有的。不過玩意兒。

H把這個裹在時髦的西裝裏的青年仔細一看，覺得彷彿是見過了的。大概總不外是跑跳舞場和影戲院的人吧。但是當他想到這人跟女人不曉得有什麽關係，却就鬱悴起來了。他覺得三個人的茶會總是掃興的。

忽然光線一變，勃路斯的音樂開始了。T並不客氣，只說聲對不住便拉了女人跳了去，H只凝視着他們兩個人身體在微光下高低上下地旋轉着律動着，一會提起杯子去把塞住了的感情灌下去。他眞想喝點強的阿爾柯爾了。在急了的心裏，等待的時間眞是難過。

但是華爾慈下次便來了。H抑止着暴跳的神經，把未爆發的感情盡放在腕裏，把一個柔軟的身體一抱便說，

——我們慢慢地來吧。

——你歡喜跳華爾慈嗎？

——並不，但是我要跟你說的話，一，是華爾慈却說不出來。

——你要跟我說什麽？

——你願意聽嗎？

——你說呀。

——我說你很漂亮。

——我以爲……

——我說我很愛你。一見便愛了你。

H釘了她一眼，緊抱着她，轉了兩個輪，繼續地說，

——我翻頭看見了你時，眞不曉得看你好還是看馬好了。

——我可不是一樣嗎。你看見我的時候，我已經看着你好一會了。你那興奮的樣子，眞比一匹可愛的駿馬好看啊！你的眼睛太好了。

她說着便把臉湊上他的臉去。

——T是你的什麽人？

——你問他幹麽呢？

——…………

——不是像你一樣是我的朋友嗎？

——我說，可不可不留他在這兒，我們走了？

——你沒有權利說這話呵。我和他是先約。我應許你的時間早已過了呢？

——那麼，你說我的眼睛好有什麼用？

——啊，眞是小孩。誰叫你這樣手足魯鈍。什麼吃冰淇淋啦散步啦，一大堆嚕囌。你知道 love-making 是應該在汽車上風裏幹的嗎？郊外是有綠蔭的呵。我還未曾跟一個 gentleman 一塊兒過過三個鐘頭以上呢。這是破例呵。

H覺得華爾慈眞像變了狐步舞了。他這會纔摸出這懷裏的人是什麼一個女性。但是這時還不慢呢。他想他自己的男性媚力總不會在T之下的。可是音樂却已經停止了。他們回到桌子時，T只一個人無聊地抽着香煙。於是他們飲，抽，談，舞的過了一個多鐘頭時，忽然女人看看腕上的錶說，

——那麼，你們都在這兒玩玩去吧，我先走了。

——怎麽，怎麽啦？

HT兩個人同一個聲音，同樣展着怪異的眼睛。

——不，我約一個人吃飯去，我要去換衣衫。你們坐坐去不是很好嗎，那面幾個女人都是很可愛的。

——但是，我們的約怎麽了呢！今夜我已經去定好了呵。

——呵呵，老T，誰約了你今夜不今夜。你的時候，你不自己享用，還要跳什麽舞。你就把老H趕了走，他敢說什麽。是嗎，老H？可是我們再見吧！

於是她湊近H的耳朵邊，「你的眼睛眞好呵，不是老T在這兒我一定非給牠一隻一個吻不可」這樣細聲地說了幾句話，微笑着拿起 Opera-bag 來，便留着兩個呆得出神的人走去了。

禮儀和衛生

——那麽就請姚先生幫幫忙。

——好的好的，太太放心吧，總是盡我的能力的。慢走慢走。

足足費了一點多鐘的會談，送出了今天第八個女顧客之後，律師姚啓明便覺得累了似的忙從襟袋裏抽出手帕來，拭額角上的汗珠。

律師姚啓明是自從去年替一個滬上交際社會的名女性爭勝了一件離婚案，爲新女性吐了萬丈的氣焰之後，他的名氣便在所謂受着雙重壓迫的天下的女性間逐日地高昇起來。所以那時以來他的辦事室差不多天天都有綢緞的摩擦聲和香水燕脂的氣味的。

「上帝作孽，眞像多根了個舌頭給女人，我從未曾接過那麼絮絮叨叨的女人，」他雖這樣獨白似地表示着他對於剛才送出去的女客人的不快，但是當他順下想到她那左靨上一個可愛的笑渦時，他的眉頭便花一般地開放了。

他無意識地把表拿出來在手裏一看，長針恰好剛指着四點。玻璃窗外，一片受着反照的光亮的白雲，掛在對面築建物的鐘樓頭。從鄰近櫛比的高樓的隙門伸進來的一道斜直的陽光的觸手，正撫摩着堆積在書架上的法律書類。客人走後的辦事室裏是寂靜支配着的。暖氣管雖早就關了，但是室裏的温度仍是要蒸殺人一般地温暖。就是那從街上遙遙地傳上來的軌道的響聲也好像催促着人們的睡氣一般地無氣力。是的，春了，啓明一瞬間好像理解了今天一天從早晨就胡亂地跳動着的神經的理由，同時覺得一陣粘液質的憂鬱從身體的下腰部一直伸將上來。不好，又是春的 Melancholia 在作祟哩！陽氣的悶惱，慾望在皮膚的層下爬行了。啊，都是那個笑渦不好，啓明眞覺得連坐都坐不下去了。

——對啦！

忽然從他嚥喉裏跳出一個高聲，同時用拳頭表示了一個決意，他站起來把檯子上的書類整理一下，吩咐聽差打電話叫家裏不要駛車來接，於是便帶了帽子和手杖推門走出了那間蒸熱不過的辦事室。

兩分鐘之後，借着電梯由七樓到底下做了一個垂直運動的啓明便變爲街上的人了。門口是這些甲蟲似的汽車塞滿着街道。啓明拖着手杖往南便走。

還不到 Rush hour 的近黃浦灘的街上好像是被買東西的洋夫人們占了去的。她們的高鞋跟，踏着柔軟的陽光，使那木磚的舖道上響出一種輕快的聲音。一個 Blonde 滿胸抱着鬱金香從花店出來了。疾走來停止在街道旁的汽車吐出一個披着有青草的氣味的輕大衣的婦人和她的小女兒來。印度的大漢把短棒一舉，於是啓明便跟着一堆車馬走過了軌道，在轉彎處踏進了一家大藥房。鼻腔裏馬上是一頓芳香的大菜。

——先生要什麽？

斯拉夫女抬起一個只有嘴唇和眼睛的臉孔來問。

——Sana 你們這兒有嗎，德國製的？

——Sana? Sana? ……啊，先生是不是要那……

她把以下的幾句換做了微笑，瞟了啓明一眼便跑到裏頭去了。

……斯拉夫女倒也不錯。她們那像高加索的羊肉炙一樣的野味倒是很值得鑑賞的。因爲他們的民族比較地慢受機械的洗禮的關係，至少別國人所有那種機械似的冷刻性少一點。離了鄉國的他們不是像要使這沙漠似的上海潤濕起來一般地在霞飛路一帶築起一個綠洲來了嗎？

——是這一種嗎，先生？

啓明目凝視着玻璃櫃裏的大小罐瓶，正瞑想得出神時忽然鼻尖上來了一個白色的 tub。

——Yes, That's it! 多少錢呢？

——一元好咧。……可是先生，May you have a good time！

這斯拉夫女到這樣風騷，也許是染着了 Spring fever 吧！啓明一邊想着一邊便給了錢，走出店門一直往南，徑向中國人的商業區去。

只隔兩三條的街路便好像跨過了一個大洋一樣風景都變換了。從店舖突出來的五花八色的招牌使頭上成爲危險地帶。不曾受過日光的恩惠的店門內又吐出一種令人發冷抖的陰森森的氣味。油脂，汗汁和塵埃的混合液由鼻腔直通人們的肺腑。健康是遠逃了的。連招買春宮的嗾嗾的口音都含着弄堂裏的阿摩尼亞的奇臭。好像沸騰了的一家茶館張着一個巨大的虎口把那賣笑婦和一切的陰謀，商略，騙計都吸了進去。啓明離開了那班遊泳着的人羣彎入了一條小巷時，忙把一口懨惡的唊吐了出來，不幾步便看見頭上明明地寫着「綠弟」兩個字的門燈。不曉得此刻她在不在，他想着便進門去了。

兩個鐘頭之後，啓明便做了回家的汽車上的人了。他把倦怠的身體深深地躺在絨的椅墊上，任那車體舒服地搖動着，自己浸在懶惰的波浪裏。

「並沒有興趣，」他的思緒是在剛才離開來的綠弟身上。綠弟是前天他在跳舞場裏，偶然同他開了口的一個職業女人。那時因爲她那對羞怯怯的很容易受驚的眼睛，起初使啓明把她當做一個普通的人家人，對她感到着了不少的魅力，但後來雖知道了她的本性，也不曉得是不是因爲那紅光下的糜糜的樂聲誘起了他心裏什麽回顧的底浪漫感情，竟不使他失望，反而使他生起一種蕩蕩漾漾着的美感。他今天這高興的一行雖說是被春天的憂鬱黏起來的，也就是因爲忘不了那時的愉快。但是美麗的思想每遭現實的殺戳。他覺得她們是非從頭改造不可的。第一她們對於一切的交接很不簡明便捷。她們好像故意拿許多朦朧的人情和儀式來塗上了她們的職業。沒有時下的輕快簡明性。拿她同那個在藥房裏碰到的斯拉夫去相比，眞是兩個時代的產物。所以他要達目的不知道空費了許多無用的套話和感情。事情總沒有他所預料那樣地簡單的。早知道這樣到不如不去的好。可是也好，他隨拿出香烟來點了火抽着，回轉着念頭繼續地想：總之，目的是達了的，至少因她得打掃了今天早晨以來屯留在身體裏的一些煩鬱的情慾。

啓明暫時抽着香烟把過去的煩思趕走了。不一會汽車就在他自己門口停止了。他下了車剛踏進內時，恰好也剛囘來的妻可瓊把兩塊未乾的寫生板放在扶梯頭急要走上樓去。

——啊，囘來了嗎？你坐一會兒我換件衣衫就來。

她表示着說不了的親密，便小孩子般故意乒乓乒乓的走上樓去。

可瓊是啓明兩年前以近似戀愛的感情娶來的。但是娶來之後雖然外面看起來好像感情很融洽，却老是不能合作，兩年中他們以雙方的理由，以雙方的同意離居了兩次又結合了兩次。小孩當然是沒有的。這次雖是第三次的結合，但仍是看不出有久居的可能性。這樣說起來好像他們各住在自己的世界裏，老不干涉，但這却不是眞理。因爲他們無論在人前或是在私室，都時常表現着強烈的愛情，做着不絕的愛撫。尤其是啓明覺得可瓊近來對於自己的慇懃是特別的。她以前很熱心弄音樂，啓明常看見她和鋼琴對坐着翻弄牠。但自從她妹妹跟妹妹的愛人，一個新近由法國囘來的姓秦的畫家，由南方搬到上海來住之後，不曉得是不是因常常的來往，和長長的談論，竟受了趣味的傳染。她也想跟他學起畫來了。她的妹妹和妹妹的愛人，這都是可瓊自己的嘴裏出來的話，其實兩個人啓明都未曾見過一面。聽說她妹妹曾來過他家裏兩趟，但兩趟却巧他不在。只就放在房裏梳裝台上的照片判斷時，纔料得是一個年紀很靑，很像她姊姊而稍比她姊姊深沉一點的，纖細蒼白的臉上露着倦怠的魅力的美人兒。

起初啓明聽見可瓊說起她妹妹們來時他是不相信的。因爲他從來未曾聽見可瓊家裏人說過有第二個小姐的。但站在那好像同一個模型造出來的很像可瓊的那張照片之前，他是不能再懷疑了的。照可瓊的話，自然——就是她妹妹——說是她們還在十六七歲的少女時代，愛慕了她們父親的一個靑年祕書，於是不聽家人的管束和反對，竟抱着一包學校裏的教科書當做行李，同他私自奔到南方去做了夫妻。但是後來不知道是男的棄了她，還是她失了對於男底憧憬，竟另交結了一個廣東的豪商的兒子，在那兒過着很適意的生活。可是豪商的兒子照例是不會對於一個女人維持着長久的興味，於是當他的朋友，就是現在這姓秦的畫家，剛從法國回來，第一次去拜訪他，而在他的書廳裏，由心中的敬意，拿着專家的眼光，稱讚說他的新夫人的肢體骨格是眞難得的，是什麼法國現畫壇的大家德韓氏畫中的人物時，便得了女人的同意，恰似拿着祕藏的逸品來酬謝友誼一般地，把白然介紹給了他。

有了這麼一個妹妹，所以可瓊常說，人們知道她這麼一段過去史的，都說她是個可憐的小姐，但白然自己並不覺得自己是可憐的還是什麼的。因爲這些都是出於她自己的願意。我妹妹，可瓊又說，從小就很聰明，長大了又熱情又浪漫。而且很溫柔可愛，不像我這樣的頭腦不淸的頑女。她同她現在的人很是熱烈地相愛着。她是他的靈感的安琪兒，他的模特兒，他又是她的強力的一切的保護者。旁的人看起來眞要羨慕他們啊，我是很疼愛着她的。這就是可瓊嘴裏總結着她妹妹的一句話，啓明自知道了妻子有這麽一個有趣的妹妹，就動起一種感情上的exotisme——因爲若從容貌說，她可以說是自己的半妻子，然而事實他却未曾領略過她任何感情還是行動，他很想見她一面；但因事務忙的關係，至今尙未滿足渴望。

可瓊這一個多月來的午後多半是在這妹妹和那姓秦的畫家法租界的畫室裏過去的。啓明雖覺得近來妻子像有點過於放任，但他也管不着她。自己是忙着的，又是有了兩次的離居的她。總之她們是姊妹。……

啓明像担不起過度的疲乏似地坐在沙發上出神，忽想起昨夜未看完的外國小說，於是勉強站起來，上樓，走入寢室要向床頭去拿時，恰好剛洗好澡的可瓊只穿着件襯衫從浴室出來。

——今天，天氣太好啦，我們都到郊外寫生去了。你瞧，我的臉和這兩隻手臂都被太陽晒紅了。

——哼，怎麼樣，畫有沒有進步點。我看你還是繼續去弄弄鋼琴的好。

——呃，怎麼沒有。我覺得我好像對於繪畫比對於音樂有才能啊。你可曉得我已經開始畫人體了嗎？

——誰知道呢，素描學不上兩個月就想弄顏料畫人體，恐怕顏色的用法都不曉得呢。

——你不要看我不起。秦先生說我的素描已經很準確，明暗也辨得很清楚了呢。

——那倒很好，但恐不久你也要變做很難得的德韓氏的書中人物了呢。

在無意中啓明嘴裏隨滑出了這一句稍帶點酸味的話。可瓊起初不懂什麼意思，但隨後便馬上發起性子來說。

——你又無端惹人了。要是你不歡喜我，我什麼時候都可以走的。

她的眼圈一變紅；那隻小口兒的上脣便越捲越高起來了。但這麼一來啓明也不認負了。

——不是我惹人，不是有音樂教師的前例嗎？

——音樂教師怎麼啦？音樂教師怎麼啦？什麼前例？我問你，你每晚說上俱樂部去。其實你何曾去過嗎？多麼好玩的俱樂部，誰知道你們在眞的俱樂部，還是假的俱樂部幹什麼事體呢。女客人多，辦公室好熱鬧吧，但誰曉得是那一類的女客人。你以爲我不曉得嗎？我只從你身上每天帶回來的香，便什麼都可以知道的，人家不是沒有眼睛看不出你領襟上的燕脂痕哩！

——可瓊是發怒了的母豹，靠着伶巧的舌頭，把這許多的話一氣呵成地講完了之後，於是便一時喉嚨塞了似的伏倒在床上盡力地嗚咽起來。

「說謊，簡直說謊，那有這樣的話，」——啓明雖心裏有了這麼一個反對心理。但當他想到的今天的一時的無聊，却也就不好開口。這麼被她一哭起來，覺得老婆倒也是可愛的。尤其她那只穿着一條短的襯衫伏在床上全身發戰抽咽着的樣子，在他眼裏眞映得是再美麗沒有的。他雖有了馬上走去緊抱她的衝動，但他累了的四肢却不許他。他把手裏的書隨便地一抛，便慢慢地踱去坐在床上她的身邊，對她說自己的不是，溫柔細聲地叫她好生地不要再哭。她起初只顧嗚咽着不睬，但不一刻便驟雨晴了一般地坐起來拭拭眼淚對他說，

——你並沒有什麼錯，我是故意嚇你的。

她眞像變了兩個人一樣地，纔着微笑了。

——嚇嚇也好，不過剛纔的話完全是無根的。

啓明還不願認負地說。

——那我知道，何用你說。

她也是簡單。

這晚飯後，因要表證兩個人的講和，啓明便抱着第百幾次的小新婚的感情，勉強着疲乏的身體帶她到影戲館裏去。

啓明守了妻的約，找她和她妹妹們，到籠在綠蔭裏的法租界的他們的畫室去，是隔天的下午辦完了公事之後。隨着門內的鈴聲出來的一個丫頭，大約是已經受過吩咐的，聽說是姚先生便即刻領導了他進去。廣大的客廳裏，處處都露着一個趣味豐富的藝術家的痕跡。壁上，柱上除了這些大大小小的裸體畫，風景畫之外還有梅花仙鹿的角，野蠻人的弓箭，番刀，和這好像很寶貴的波斯地毯的破片。沙發近傍蹲着的是一隻扁平了的老虎。那面的柱邊，利用着半隻破舊的長統靴和大鐘的發條，和其他不知道出所的錯雜的物品齊整地裝置在一個櫃上的，下面貼着一張白條子，寫着「世界之心」，大概是什麼表現派的作品吧。啓明正在冥想，忽的可瓊穿着花花點點地染汚了顏色的黃麻衣，微笑着從背後來了。

——來了嗎？我們都在等你。他們都在後面，還在工作呢，他趕着製作應展覽會的作品。我們就去吧。參觀參觀不要緊的。是白然做着模特兒。但是靜點兒，等他們弄好，我來介紹給你。

於是可瓊便領着啓明進了一間光亮的畫室。畫室是向北開窗的。窗和屋頂都用毛玻璃。窗外是小庭園，看得見這些春陽裏的五色的草花任蝴蝶兒採取着。

啓明一進去，就在這些無秩序地亂放着的緣額，畫架，石膏像和許多未完成的作品的混亂中，看見兩三個人頭向着對面近窗邊的壇上挺立着的一個全裸的雪白的女人像。這無疑是白然了。他好像看見了不該看的東西一樣，忙把視線收起來。可是那裸體却好像失掉了感覺似的，並不因這新的闖入者而受驚，反而對他拋了無神經的一眼，仍舊不動地繼續着她的Pose。這時當那坐在壇前不遠的地方運着筆觸的一個長髮的美青年——本畫室的主人，和他背後一個金髮的洋人要站起來招呼時，可瓊忙上前去制止着說，

——不要緊的，再加上幾筆，快些弄好。

——那麼對不住，讓我收束收束。

青年的主人這樣說着，對啓明點個頭，依舊坐下去熱心地繼續他們的工作。

啓明這邊把可瓊遞給他的一隻小的三脚凳拿來放下一坐，於是便有意無意地把前面的對象詳細地玩味起來。女性的裸像不用說啓明是拜賞過的。但是爲看裸像而看裸像，這却是頭一次。他拿着觸角似的視線在裸像的處處遊玩起來了。他好像親踏入了大自然的懷裏，觀着山，玩着水一般地，碰到風景特別秀麗的地方便停着又停着，止步去仔細鑒賞。山岡上也去眺望眺望，山腰下也去走走，叢林裏也去穿穿，溪流邊也去停停。他的視線差不多把盡有的景色全包盡了的時候，他竟像被無上的歡喜支配了一般地興奮着。他覺得這立像的無論那一個地方都是美麗的。特別是那從腋下發源，在胸膛的近邊稍含着豐富味，而在腰邊收束得很緊，更在臀上表示着極大的發展，而一直抽着柔滑的曲線伸延到足盤上去的兩條基本線覺得是無雙的極品。隔絕了慾念，而這樣把對象當做個無關心的品物看時眞是這麼愉快的嗎？啓明自問着，覺得自己雖是藝術的門外漢，也有點懂了藝術家們之所謂創作和鑒賞的喜悅。

但是最引起了啓明的美感的說是這絹一般的肌膚，和肉塊的彈力味，不如說是透過了這骨肉的構成體，而用他的想像力所追逐到的，這有性命的肉體的主人的內容美。他從妻的話約略曉得這白然是什麼一個性格。他綜合地想像着白然以前的近似頹唐的生活，而在眼前淸楚地窺探着她有形上的一切的祕密時，眞不知道怎麼纔能把從他心裏湧起來的一些莫名其妙的情緒制止下來了。他偸着又偸着看她的視線。可是她却老是化石一般地不露半點感情。但是她確實關心着這兒的一事，他是很察得出的。因爲他自從進來之後，便很奇妙地受着一種心理上的壓迫。

收束不到一刻鐘就約略好了。

——白然，那麼辛苦了，餘下的明天再補上幾筆算了。快點穿好大家來吃茶點。

青年主人這樣向壇上的裸像說着，於是便同那個外國人一塊兒站起來，伸手向啓明說，

——待慢了，姚先生。大名是報上常仰慕過的。這位是我的密友普呂業大佐。以前是在北京法國使館裏，所以北京話說得比我們好。先生對於藝術的造詣很深，我這兒是時常來的。

主人這樣好像對待幾年的老友一般，用很不拘束的態度介紹了那位高大的金髮先生。

就從接過人不少的啓明的眼光看來，這主人也確是一個極自由的不羈的波

希米安。然而這波希米安若從他那對熱情的鋭閃閃的眼睛，那個像包着許多智慧的闊大的白額，和那發熱的人似的紅膩的唇邊的微笑的影子看來，可以判斷他實是個很容易做傳奇的角色的，在一般不安定的女性間的危險物。白然愛着他的理由是一目瞭然的。

普呂業先生又是普呂業先生，他急忙地驅使着滿口流亮的北京話表示他以前是個善於應接的外交官。啓明早知道法國人都是這樣一見如知己的，並不去向他尋根問骨地追求他的來歷，但他竟在不到五分鐘的短的會話裏把整個自己表現出來了。他以前曾在北京的使館是如畫家所說過的，但照他的話，他還在北京的時候，因生來對於藝術的嗜好，又在那舊都的環境中，跟隨着一般駐華的外交官染上了玩古董的趣味。後來因病便拋棄職位來到上海開着一間古玩商店，專爲本國的蒐集家代收各種各時代的古物。他說他在本國也有關於中國藝術的著書，而他是很讚稱秦的繪畫上的天才的。

然而一會兒穿好了衣衫的今天的女主人便跟着姊姊可瓊出來了。她穿的是一套輕軟的灰色的pyjama，腰上也只結着細細的帶條，從那坦露的胸部順下去，會使人想起剛纔的她的裸形。她被介紹給自己的姐姊丈也只輕輕地點了點頭，仍繼續着在壇上時的泥塑般的沉默。全體的印象是很淑靜，她那對於任何事物都覺得無興趣的樣子，在那活跳跳的姊姊旁邊看起來眞是一個極好的對比。

他們於是便搬到外面，在涼爽的草地上圍着了桌子了。白然把女主人讓給了姊姊去做，自己只管默默地坐着。含有土味的新鮮的空氣被珈琲的香味征服了。受了刺激的鼻神經誘起了人的食慾。時間便在雜談和陽光的移動中過去了。

——那是不錯，不過這樣也可以說。是嗎，姚先生？

普呂業先生像求着啓明的同意一般地對他一看，於是提起藝術上的大論來了。

——我說，姚先生，他們都說東方的藝術大都遊離着現實，所以沒有生命的感動，我說不然。譬如說中國畫不用透視法，所以無論風景人物，在一副畫裏的距離，位置的關係都不準確。這是事實，但我想這對於畫本身所生的效力毫無關係。事實我們觀西洋畫時那準確的曲直線和角度實在會有生動的現實感，然而東方的畫何嘗不是一樣。線，形雖然不準，但由這不準的線和形中我們不是可以追想嗎？這追想得想像之力是會喚起現實性來的，好像影子講明着身子的實在性一般地。這現實感或許不是西畫中的現實感，可是至少是美麗的，自由的，詩的，不含半點眞的現實的汚穢的慾情。所以我對於那唐朝畫裏的由西畫家看起來好像太離奇了的人物的描寫總是感到十分的歡悅的。我說那京戲的花臉很有點意思。若是沒有了那花臉，只看那優人的汚穢的實臉，那裏聯想得出英雄豪傑呢。那奇怪的假裝尤其在結合着幽揚的樂聲的時候眞會使死了的歷史再在現實裏生動。我的玩古董也有個道理。古董的好處當然要算在古董本身上的藝術性。然而如果沒有那幾千年的時間的距離，人家或者不會愛撫牠的。因爲時間空間的距離是最會引人到想像和美的境裏去的。是不是，姚先生？

普呂業先生眞開始了他的古董哲學的講義一般地長篇大論着，講了一些對於東方的文物稍有點高級的見解的西洋人慣講的話。便順便地求着聽者的意見。啓明是不願意一個愉快的有美麗的婦人的茶會的時間被他那不大要緊的藝術論占了去。所以只對他輕輕點頭表示了同意。但是他的議論却不見得就完了。

——且不說藝術品，就是女人何嘗不是一樣呢，——他在這兒對於站起來沏着珈琲的可瓊瞟了一眼，這一次彷彿像是在淑女前的女性觀來了。啓明雖感到了一種厭惡，然而在他們這樣波希米安的朋友中覺得好像不必拘束的。他偷看了身邊的白然時，看見她仍舊似聽非聽的靜靜地不作聲。忽然她用兩隻尖細的手指乂起盆裏餅糕的小塊來温柔地塞入紅唇內的白牙間去了。

——……西洋女人的體格多半是實感的多。這當然是牛油的作用。然而一方面也是應着西洋的積極生活和男性的要求使其然的。從事實說，她們實是近似動物。眼圈是要畫得像洞穴，脣是要滴着血液，衣服是要袒露肉體，強調曲線用的。她們動不動便要拿雌的螳螂的本性來把異性當作食用。美麗簡直用不着的。她們只是慾的對象。但是東方的女士却不是這樣。越仔細看越覺得秀麗，毫不喚起半點慾念。耳朵是像深海裏搜出來的貝殼一般地可愛。黛的瞳子裏像是隱藏着東洋的祕密。何必再說，我們這兒兩位不是很好的證據嗎？這樣漂亮，這樣秀麗，像幽谷的百合一樣的婦女是看十年都不厭的。

普呂業先生在這兒對席上兩位淑女獻媚般微笑了之後於是便這樣下了一個結論。

——……但是這或許是我的東方醉吧，人們不全是同我一樣的。就是我一受經濟的壓迫，美好的古玩也就想賣牠一賣的，哈，哈，哈哈。……

這樣整個美麗的黃昏便在主人和客人的和氣靄靄裏過了去。

這時做起點，以後這綠蔭下的畫室便時常有了啓明的足跡。但這是爲要看看對於他奇怪地老是沉默着的白然，托着找妻子去的，並不是要想聽普呂業先生的藝術論。那普呂業先生，啓明雖在那兒再碰過一兩次，可是他在這畫室的步跡，似乎是漸漸地疎了。

約略經過了一個多月之後，當一天午後，啓明想把早上在法院裏消耗去了活力的腦筋拿在銀幕上精養片刻，順便進了一間影戲院的時候，恰好普呂業先生也在着。

——喝，姚先生，Comment allez-vous?

——還好，Monsieur 呢？眞是長久不見了。

——也好，Monsieur 一個人來的嗎？

這句却就不如頭一句的法文來的有勁。仔細一看。他倒似乎沒有第一次面會了他時那樣的精彩，臉上好像有些憂鬱的陰影。

——是的，我還沒回過家裏。

啓明用了這句當作不帶妻來的理由，但是也並不是常帶出門的，他自己最知道。在他愛情是可以不用示威的。這樣兩個找不出什麽話來說，於是便沉默了片刻。

可是當啓明對着前面剛纔坐下去的一個女人點頭招呼的時候，會話又繼續了。

——貴相知是嗎？眞 Charmante！

——呃，以前的顧客。

——我說姚先生眞有豔福，夫人又是那麼漂亮的。

——…………

啓明眞不知怎麽應這不大客氣的令人奇癢的話好。

——可是，對不住一句說，先生似乎不大知道享福呢。

啓明雖覺得這話裏有酸，但他明知道這位法國先生本來不會客氣的。他心裏正在不舒服時，普呂業先生便慢慢地從旁講出這段可驚愕的話：

——我早知道對你講起這話來是會使你嫌惡的。但我是一個非把心裏所有思想發表出來好像過意不去的人，所以現在也不怕動怒了我所敬愛的你，一切講出來。老實說，我自從在秦的畫室裏頭一次看見了 Madame votre femme 就一目愛上了她了。她那對黛綠的眼睛眞扭得我心臟像要破碎般地跳動。我那時以後差不多天天都受着她的幻影的支配，吃也想，睡也想。我和秦是親密，不錯的，但我那時差不多天天的訪問並不是沒有理由的。因爲在他的畫室裏可以看到心裏想看的。妻子被人家愛上了，這事世界上是常有的，只是做丈夫的不能像你有機會從愛上了的人的口裏聽到就是了。但是我是紳士啊，卑劣的手段是不敢用的。我只好羨慕着你好了。可是老實說看看享福的不是你，那我就有點不高興了。雖說是自己妹妹的家裏，我倒不明白你肯讓那麼漂亮的夫人天天到所謂藝術家一類的人們的畫室裏去。……

在這兒啓明雖覺得像有什麼打着了心頭似的，但他却咬着牙根繼續聽他的話。

——我還有話對你說，我下月就想到安南去了。因爲那面有點事情幹，而且這兒住也住得不少時候了，想換換新的環境。所以我常想，如果你願意，我倒很想和你做點小生意，因現時什麼一切都可當作商品規定價値的，就是說：：你肯的話。我就把K路角我那家古董店裏所有一切的東西拿來借得幾年的豔福也是願意的。這不是故意侮辱我所敬愛的你，我現在是商人，所以講點生意話。我那些東西雖不見有什麼珍品，但綜合起來也不下數拾萬兩。在你，我知道是不會缺用這小小的數目的，但至少總比無代價的交易好多了。請你恕我吧，我不過通通心頭鬱積，並不敢求先生的答應。……

在這兒因爲樂聲響了，所以話聲也停了。只剩着啓明一個人心裏好像火上添了油一般地手足抖動着。啓明想他這些話雖有些靠不住，却並不見得是謊話。妻子的行動是他預料得到的，並不足驚怪，但這先生的思想，這是應該用正當的法律來罰他的。然而退一步想，這先生的話如果是出於衷心的，倒很有容他的餘地。「在戀愛之前什麼都沒有了」嗎？但這不通用，至少在現代。或許這便是流行在現社會底下的新儀式。總之啓明把在眼前流過的銀光入目也不入目，一到中間休息便對法國先生說聲去了，急忙地徑回家裏去。

啓明一進內便東覓西找地想尋出人來說話。可是從後面出來的小丫頭一見是主人，忙從懷裏抽出一封信沉默地遞給了他。信封上明明是急忙時草成的可瓊的手蹟。發抖着手裏是這樣幾句話：

啓明：

我想到外埠去住住，換換生活空氣。或許是北平，或許是青島，或許是廣東也說不一定。同行的朋友你猜得到不用我說。我去一去，高興就多住住，不然一兩個禮拜就要回來。我對於你的愛是不變的。這是眞實，至少在我心裏上是一點沒有矛盾的。你可不用找我來。如果我不願跟你回去就是找到也沒用的。你如覺得太便宜了我，法律是你的掌中物，只須幾筆便可以永久不見面了。我的朋友，請你不必用嚴厲的手續吧，因這完全是出於我的意思，他不過是我的Pekinese罷了。只有這一個懇求。至於我不在中你的寂寞我早已料到了，這小小的事體在你當然是很容易解決的，可是當心，容易的往往是非衞生的。所以我已經說好了然來陪你了。然是我世上第一個親愛的(你只好算第二)的，希望你好生地愛護她。保重。

瓊留

一氣看完之後，啓明覺得被狐精迷了去的一般地掃不淸腦筋的條痕。他還在半醉半醒中時，忽然覺得背後有了人氣。他回頭時，看得是早巳站在扶梯頭微笑着的自然，可是那可愛的小嘴却依然是縫着的。

殘留

……這廳裏的燈光多麼暗淡呵，一切的東西都像披上了一層黑紗幕似的映入眼裏！啊！他們都在着，胖子的房東，房東太太，兩個女孩子，連一個手裏抱的乳嬰兒。所謂令流浪人羨慕的一家團圓的晚飯後的光景吧！其實不是簡直一個豬圈嗎，這麼些家人在這麼窄的地方滾來滾去？啊，看見了，房東站起來了……

「啊，秦太太……啊，蘇先生，這次秦先生眞出人意外……我一點不知道，剛聽見女人們說。」

……這胖子也有同情心嗎？做房東的本份不是天天催促着房錢嗎？這樣凝

視着人家，怎麽囘事？眞汚穢的眼光，是不是要看我這哭紅的眼圈尋快樂？對啦！你們確實優越，你們有家庭，我是被遺棄了的。啊，我不願同他說話，可是白文應該替我代應一聲。啊，好了，白文開口了……

『沒法子想，龐先生，一切總算是……』

『天意，天意如此！可是今天幾點鐘光景過世？』

……什麽天意天意。他問得這麽詳細幹什麽呢？裝飾裝飾自己的假同情？

……

『呃，約摸在晚飯前一個鐘頭。』

『那麽，一切怎麽樣，料理淸楚了嗎？』

『哈，到也沒有什麽的。尊重他先生生前的意見，一切都交給大學附屬醫院去照辦了。我因爲怕女人家身體弄出毛病來，所以勉強先把她帶囘來。』

「大學附屬醫院？……哈？啊？……啊啊！啊，既然是他先生去世前的意見，那倒也省得費事。在這新時代裏，什麼都簡潔一點好。哼，呣。」

……噯，逼殺我，誰要你這胖子管人家。白文也胡塗，何必理他。可是我怎麼停在這扶梯頭不動了呢？走上去吧！啊，我眞的有點累了。兩脚都麻木了。啊，這只好怪自己。我何必哭得那麼樣子，虐待自己的身體？但是這也難說，我那時簡直不知道什麼呢！只覺得像放在我懷裏的一塊生命的寶玉被突來的怪賊奪了去一般地，不安，驚愕，奮興，失望，被棄而孤獨的感情全部都同時捉住了我整個的腦筋，弄得我神經都不聽命令了，那裏顧得到其餘的事體。啊，少豪，我眞不能相信我們一年來建設在愛情上的奮鬬生活，我們的理想，憧憬，將來的希望，和我一個多月來的盡心的看護竟在一刹那間成爲永久的夢—……啊，可是我確實累了。半點力氣也沒有怎能上樓？待白文來吧！啊，怎麼眼眼看不清楚了？這屋裏眞悶殺人。我眞想躺下來了，白文白文快來！好，他來了，他扶住了我了。全身靠住他吧，這軟綿綿的，顧不得什麼了。啊，還好，這樣服舒些……

『霞玲，霞玲，怎麼樣，頭昏嗎？』

……啊，他叫出我的名字來了。何必這樣大聲怪叫，驚動了人家。幸虧他們沒聽見。傻，明知道我頭昏何必問。不曉得他有沒有像我還沒同少豪結婚以前那麼樣熱熱地愛着我。可是（霞玲霞玲……）是多麼有感情的叫聲呵！這麼有力氣的呼聲，我到好久沒有聽見了。當然的，少豪是躺在病床上那麼久的。啊，想起了他那被病魔一塊塊地喙瘦了的身體眞是可憐！枯枝似的骸體上只剩留着兩隻光閃閃的好像含着講不出的憂愁的眼睛——一對可愛的美麗的精神的窗門。頰筋肉都無力使嘴邊動了，那裏叫得出響亮的「霞玲」。然而白文你到底怎麼啦，怎不把我快點抱起來？哼，怕觸着我的身體嗎？我這身子有什麼寶貴呢。你現在倒怕起來了。得記我未認識少豪以前，你不是最愛夜裏公園的散步的嗎？不是喜歡在桐蔭下故意捽捽摸摸的嗎？怎麼？要我自己再扒上這扶梯？啊，多麼愚鈍的腦筋。假如是少豪，怕早就把我抱上樓上床裏去了。不是有一天夜半同去看完了影戲囘來，他看見我的新鞋子把我的足緊束得痛殺了，便不問我的肯不肯，用了他那雙強力的手臂輕輕地抱我上了這扶梯嗎？多麼舒服，那時！……這扶梯到是很高的，這麼一段，一段地登起來。呃，別放鬆，白文。放鬆我就要跌下去了。你覺得我的腕枯硬吧！現在瘦了，從前生活緊張時，你曉得的，是發育得軟綿綿又有彈力的。……

……門開了。燈也亮了。可是白文要扶我到那裏去呢？眞要我在你的眼前在這床上躺下來？你不要緊嗎？我是什麼都不管的，不過此刻倒想坐坐。……

「怎麼樣，這會好一點嗎？」

「謝謝你，不要緊，一會就好了。」

「我去拿杯冷開水來給你喝，好嗎？」

「不用勞駕了。還是請你把那面一扇窗開一開吧。」

……他走近窗邊去了。啊，眞爽快的氣流！他站定在窗前，望看星兒出神呢。他在想什麼？聽說他新近有了新的女朋友，不曉得長得怎麼樣子的。或者他用我們在醫院裏過去的時間，在外面向女朋友方面大大地發展了也說不定。可是他是老對我表示慇懃的呵！想他剛去世的密友嗎？是的吧？對這連自己的愛人都肯相讓的好友的死，誰都未免有一番的感想。也許他已經早進一步，替着好友的未亡人的此後的生活種種地設想了也沒人曉得！替我想，白文替我想，想我的將來！何必多費神，假如他記得他以前在每個禮拜一趟寫給我的信裏對我說的話……

……可是對於那麽使我動愕的少豪，我的印象怎麽這麽快就漸漸地稀薄了？敢是一哭就把兩個人過去生活一切的內容就哭出去了？我對於他的感情都是假的嗎？不，我不相信。這是白文最明白的。現在想起來，合作當初的兩個人的奮鬪精神，倒眞是可佩服的。不然不是做了家庭的傀儡，便是做了，老實說，自己不大高興的蘇白文夫人了，那裏來的這一年來的共甘同苦的有意義的生活記錄。白文雖有點可憐，但，他要娶個像我這樣不大聰明的妻子總算容易，何必苦苦地自暴自棄。可是現在到似乎被他等到了，如果他是眞的有意等着我的話。然而我的腦筋却是怎麽啦，我這樣也算追想着少豪嗎？啊，少豪，你簡單地把我剩下來了。你何不乾脆把我抱了去，用你那病前的強力的腕臂！雖然你後來是病人，但是跟你在一塊的時間是多麽好的啊。今晚起我是獨自一個人來睡覺着了。還有以後的事體，啊，誰知道！……啊，白文翻過來了。

……

『霞玲，我說你也應該顧護自己的身體，一切總是過去的事了。像今天那樣子的簡直是過甚了，雖然對於你心裏的苦痛我是十二分表示同情的。』

『謝謝你，白文。我不知道應該怎樣感激你。沒有你，我今天眞不知道怎麼辦了，我相信少豪也是很感激着你對他的友誼，你看見他臨死時，看看你，流流淚！雖然他好像不該叫我把這……賤體……託給了……你。』

……啊，這蠢東西，眞厚臉皮，怎麼自己說出來了。不曉得他什麼感想？但是；什麼要緊，我不過把少豪的話重說一遍是了。況且他不是愛着我麼？啊他的臉紅了。怕羞嗎？還是生氣了呢？他以爲我不道德嗎？疑心我是個淫婦嗎？不道德也不要緊，淫婦也不要緊，我總要活着的呵！縱使人生的路是鋪滿荆棘的。記得少豪說的好，就是人們自為最下賤的賣淫婦也有她的意義。但是白文有胆量再同我生活嗎？或者他被道義觀念束縛了呢？哼，這事他是不會有的。他的家庭環境是那麼樣的。也許他要求生理的純潔？不至於吧！在這時代。譬方我來問他的純潔呢？可是我何必這樣猜猜測測，他愛着我，這是一個事實，其餘何必管他……

……他怎麽老咬着牙根，眞的發怒了吧！啊，他要去拿帽子了，他想去了。若是他一去，永遠不回來呢？他不知道我這裏一點錢都被少豪用去了嗎？欠了兩個月的房租，明天的飯，車資，啊，他不愛着我了，他不愛着我了……

『白文，白文！……』

……啊，我的聲音怪得很，這樣顫動着。唾液吞不下去了，喉嚨像要塞了。他回轉頭來了，啊……

『我想回去了。給少豪親戚和同事的幾封信本想在這兒寫寫，但明天來得及，我明天寫罷了。你也應該休息了，我明天早點來帶你同到院裏去走走。』

……啊，還好，他不是在生氣，嚇了我一下。他現在不願意聽到那話的吧！但不是忽然冷淡了態度？愛是愛着的，但是道義上，表面上，難看？那我怎麽好呢？……

『你不能少留一會嗎，白文？信就在此地寫也好，我這樣躺着很舒服的，不想休息。』

……啊，我懇求着，明明是懇求着。何必呢，放他去好了。人家也累了。對啦，我是孤獨的。世界上我是一個人。我心裏無聊哪！我不要孤獨，我要有人愛着我呵，啊，少豪，你去了，你去了！啊，那個男人快來把我緊抱着。我要男性，我要人生的侶伴呵，我不要無聊。不要無聊!!……

「你還是休息了吧，身體舒服點，信明天來得及，我還想到旁的地方幹點事體。」

……啊，多麼蠢！人家的心裏半點都不曉得。何必身體，身體，老是身體。你如眞的愛着我就這兒陪了我一夜有什麼關係呢？眞不懂！不懂！隨他吧！

「那麼也好的，多謝你了。」

「……。那麼小心點。」

……何必看。並不是反語，眞實的感激呵。要去快去好了。我還是孤孤獨獨地留下來！怕什麼！向誰哭呢？孤獨，孤獨，啊，少豪！……

……安心去吧，我不會自殺的。也不會再失神了。我要一個人來追憶着少豪呢！去了，去了，下樓了。出後門了吧！可惜了他的聰明。半點勇氣都沒有。……

……這燈怎麽這麽不光亮。電力不夠，像癆菌偷着少豪的生命一般地。一個月沒人住這房間就變得這麽陰沉了。外面的夜空到很好，啊，星兒，星兒！這毛氈眞熱。還是窗邊去坐一坐好，啊，身體像浮在空中的呢！我是飛着呢，還是行着呢？眞輕快的足！好，這窗檻上靠一靠。黑夜呵！是你吧，把我的少豪抬去了的。你眞厲害呵，連這活龍似的大都會都在你神祕的足下溫溫柔柔地平伏着。星兒呵，幾時看你，都是美麗的！我小時是多麽憧憬着你的呢！但是你不是我的侶伴哪。我無聊呢！對啦，到街上去走走！但是，一個人？啊，如果少豪……。那時兩個人眞是快樂的。散步，談心！也是這個時候呵。暗夜裏，鋪道上足下的西洋梧桐的落葉的聲音，那聲音，眞不能忘記！那怕衣衫薄，有他的手臂圍抱着我腰身上。帶毛圍巾的散步，那是殺風景的呵。連星兒都要見笑呢。啊，我怎麼把白文放走了。他不是最好的散步侶伴！身體是那麼像有名的洋裝號的廣告具。手裏如果再叫他加上一根英國藤的手杖呢？他今天腮邊的鬍子剃得那麼光滑。眞像病前的少豪那剛剃過的鬍子的紫靑的痕跡，用臉皮去擦擦眞好。可是他那裏懂的兩個人並肩的散步。蠢貨！他剛纔不是那麼樣走了嗎！啊，眞好的星兒們！我眞想脫光了這身汚臭的衣服來浴你美麗的銀光，沒有個男性曉得我此刻的這心理嗎？啊，下面的房東！如果我下去招呼他，要他陪我出去散步，不曉得他怎樣？嚇殺？那胖子，也許他很懂風流的。對啦，我去叫他，說要陪他出去散步，教他不要再來討我的房錢，陪散步也是一種職業呵，應該照樣給薪水的。良宵不可虛度呵！但祇是散步，恐怕他不肯答應呢，那種中年人？他要求……怕什麼的，要求就給了他吧。可是誰高興同那種猴猻臉的不倒翁似的東西在一塊兒走。我不要。第一要教他的老婆被酸素融蝕死了呢。啊，這樓裏眞悶殺，還是出去走走吧！這腿怎得怪輕！圍巾不必帶吧，就這樣子好了。後面的鑰匙應該帶了去……下這扶梯要細心點兒，慢慢，慢慢地……好了，這好了，從後門。他們大小像都睡覺了，半聲不響，隔壁又在扠麻雀了！這門順手關了吧！……

……我出來在大街上了。怎麼，店門都關了？時候不早了吧，大約將近一點鐘了，幾時夜就這麼深了。好，讓他們都去睡了。越沒有人越好的，乾脆的這都市盡變了沙漠吧！讓我一個人來領略深夜的寂靜，啊。這大氣眞爽快！這是活力素，很有裨益。我這肺臟被醫院裏的藥氣浸壞了。此刻給牠吸收點新鮮的補藥吧！啊，胸膛能夠不時這樣豎挺着多好。你看，連這兩朶乳峯都像得到了甘露一般地活動起來了。這麼高聳聳地搖動着，多麼好看呵！……

……我在什麼地方了呢？我怎麼走得這麼慢。這兩脚簡直不動着的嗎？那面還那麼光亮。出着煙！小炒食店吧！幾個黃包車夫圍做一團站着吃着。一個市裏，這麼許多店家，又是賣同樣的東西的多，不曉得他那裏賺得錢來。少豪起初不要那樣東奔西走把身體弄壞了，好好地開一家小店舖多好。賢明何用！我那時也應當找事情做做。這許多大大小小的公司豈沒一家用得着我。戀愛！戀愛！戀愛並不是可吃的哪！但也沒法子。錢是積不會成富的。像少豪一病就把一個小錢袋都倒空了。倒不如天天浸在溫情裏滾個快樂。啊，從這面轉過去吧，這面還可以出河沿去走走。……

……我這樣一個人走着好麼，在這深夜的空街上。若是被熟人看見了呢？這夜氣到有點冷了。這海港裏全是霧。稍遠的街面不是有點模糊了嗎，蓋着薄的紗的童話裏的風景似的？前面街燈的光芒都被露水濕透了。啊，印度巡捕來了。那麼長的斜影在水門汀上。不曉得他會不會喝住我。那麼，我也不是賊！

一個女人就不應該在深夜跑嗎？人家有心事，他何嘗曉得。這夜太好了！呵，我是孤獨，我無聊哪！啊，我的脚簡直不在動着，這麼一步步拖着。來了，近來了，眼睛那麼凝視着人。他把我當做什麼？好，已經過去了。身體大的那麼怕人！還有那鬍子！可是……可是現在我往那裏去？我爲什麼在此地走着呢？啊，我的……我的心裏！好，就永遠這樣走着吧！我不回去了。往河沿去！河沿去！……

……啊，到了到了，好容易。這麼許多小船停在河裏。白天那麼喧嘩的，此刻倒這麼寂靜。一個人影也沒有。這樹下的鐵欄來倚牠一倚吧。隔河對面的街燈的光倒照在黑暗的水面上，微微地動漾着，動漾着。那一條橫河的大橋從這兒看去眞好看。近代的曲線。那面橋頭曲線盡處又是這麼莊嚴的一座半月形的高層樓，好的對照。誰的意想？眞是都市風景的大傑作。……啊，然而傑作跟我有什麼關係呢？我願這黑夜把我吞到了牠的肚裏去。我這兩隻腿怎麼辦呢，酸痛得這麼樣？如果這兒有條柔軟的床！啊，那面有人來了。外國水手！酒醉了吧，那麼樣顛顛搖搖着。不曉得從什麼地方喝來的，這時候到這兒來幹麼？他們的生活總算是舒服的，A girl in every port! 也許是帶人面的動物吧！近來了，不知道他以爲我是什麼的。該避開點吧，省些鬧出事來，但是我這腿！啊，不要緊，就這樣子。我就算做個鹹水妹有什麼！對啦，鹹水妹！我做個鹹水妹來安慰安慰在這海港出出入入的各國的哥兒們也好。不曉得甚麼滋味的！天天床頭發見一個新丈夫，多有趣！誰來管我呢？全部賣給一個人，跟零零碎碎地賣給好幾個人，還不是一樣地賣嗎？那麼，那一國的人好一點呢？美國？法蘭西？對啦，意大利好。那種黛綠的眼睛的，講起愛來好像南方的太陽那麼樣地熱烈的南國人好。眞臭，酒味，酒味！幾時來在我的身邊了。哼，那麼直接地看！看！啊，不好了，不曉得他耍出什麼來了。誰在那兒？快來，快來！啊，他抱着我了。怎麼辦呢，這麼有力氣的手臂？啊，啊，他要我的嘴！哼，哼……啊，啊，他吻了，吻了，啊，啊。算了，給了他吧！哼，這個人並不醉着，他看着我拚命地掙扎着笑着哪。好意地笑着哪！這個臉並不俗，年紀似乎很青呢。他愛我嗎？怎麼這樣唐突？好，看他怎麼樣把我擺佈。啊，我的腰別弄斷了，這麼用力。他要我走了，他擁着我。可是我走不動了呢，你把我抱起來嗎？沒法子，跟他慢慢地一步步來。很舒服哪，這麼緊緊地被他擁抱着。啊，我被抱着哪，我是在生人的懷裏！啊，少豪，你去了。你把我放在他人的手裏。你生氣嗎？啊，可是我無聊哪，我怕寂寞。請你赦免我吧！我要強力的手！強力的手！啊，這樣多麼好呵！這不是你嗎？是，是你是你！我們在河邊兒散步呢，互相擁抱着。記得吧，你病前那時？白文要嫉妬呢。他那裏去了？

他不敢來呵！我要給他知道的，我們互相擁抱着。啊，多舒服，多舒服！可是我們往那裏去呢？那裏去呢，這樣的老是走着？不要緊，隨便你，你到的地方我都去！啊，我沒有力了，我想睡覺了。我，……想……睡……了。

（九月十五日）

方程式

密斯脫Y是夜空裏的星宿一般地羣聚在滬上的少壯實業家的一個。他是從死了的父親承續了一點財產而繼接着他營養不良的事業的。可是自從經過了密斯脫Y的手之後，那在父親時代浮浮沈沈的却便眼見得地在統計表的數目上澎漲起來。這是放在穩健合法的運用下的資金所當然經過的道程，決不是密斯脫Y的大學裏的商業教授有了什麽特別的祕訣，也不是天注定密斯脫Y應該在二十八歲交上了紅運。只有一點可注意的，就是誰都知道密斯脫Y是個都會產的，緻密，明晳而適於處理一切煩瑣的事情的數學的腦筋的所有者。

C大房子的五層樓的兩大室是密斯脫Y的小王國。他每天大半都是在這裏跟着二十幾個辦事員忙着過去。

密斯脫Y每天早上是九點半出來。到辦公室是十點缺一刻。可是眞地忙着事務却是從十點半起一直到正午。這中間室內的人們都是被緘了口一般地把頭埋沒在數字中。除了有節律的打字機和算盤的合奏，和猛醒的電話，呼鈴聲之外，簡直聽不出甚麼別的東西。電報和紙類由僕歐的手裏在各寫字檯間飛行着。時常也有人由問訊處領進碧眼的洋先生和胖子的中國人來。但是這些人的談話都不過五分鐘就完的，他們走了之後室裏便仍舊奏起被打斷了的緊張進行曲。從沒有人表示絲毫疲乏的神色，只把上半身釘住在檯子上，拚命地幹着神經和筆尖的聯合作用。因爲他們已經跟這怪物似的C大房子的近代空氣合化了，「忙」便是他們唯一的快樂。

然而當新關的大鐘的長針疊上了短針的時候，人們便好像從阿拉伯數字的夢中猛醒了一般地，回復了自己，緊張的雰圍氣也隨之崩落了。這大概由於堆積在檯子上的紙類少了下來的關係，然而肚子裏的鳴叫，也不能不算是理由。

當這時刻，最初起身的用不到說是密斯脫Y。他一戴上了帽子便徑往電梯去。在這兒，他碰到了幾個熟臉。然而機械的電梯有時却也會不動的，那時密斯脫Y常覺味到了紅色淸導丸一般地不愉快，因爲這麼大的樓腹內的這條直腸忽然閉塞起來，簡直是比大便不通時更使人鬱悴的。這樣的時候，密斯脫Y總是一，二，三，四，五，六，七……地腦裏算着，沈默地跟着一堆熟臉人從那五層的石級，一級級走下來的。因爲剛離開了紙面的密斯脫Y的腦筋常常不能即刻脫離了數字的影響。

在十五分鐘之內，Buick便從混亂的街上救出了密斯脫Y，把他送進了自己的家裏去。家裏，密昔斯Y預備着新鮮的靑菜Salade待着他。

密斯脫Y中飯大都是在家裏吃的。有時爲應酬起見在附近的菜館吃也是有的，可是他的食桌上沒有盆淸新的靑菜Salade在着，是沒有東西會合他的胃口的，而能夠做出誘他的食慾的靑菜Salade也只有密昔斯Y一個人。密斯脫Y差不多是個爲靑菜而狂喜，看見了靑葉纔機械地掃淸腦裏的數目觀念的人物。密昔斯Y呢？她雖然會做美味的Salade，也會做簡單的西菜，但是她自己却完全是普通的國產，並沒有Salade那麼樣的新口味。她跟密斯脫Y的結合是他們的長輩給他們定下來的。在未婚之前他們雖見面過了好幾趟，但從未曾在公園一塊兒走過，未曾在黑暗的影戲館裏偸吻過。至於「偸出發」那簡直是講不到的。她也不會講什麼愛情，也不會怎麼樣地裝束，做媚態。她只是拚着自己的腕力天天做着美味的Salade給密斯脫Y吃，於是密斯脫Y便會像他愛着她的靑桊葉一般地愛着她。

密斯脫Y的中飯大概整整要吃一個鐘頭。這中間假如桌子的那面沒有密昔斯Y，斯密脫Y便要感覺寂寞了。他是歡喜對等地一邊看着桌子的青桊葉，一邊看着密昔斯Y的。他尤其歡喜看將要把青桊葉吞進去的密昔斯Y的那隻小嘴。這時如果兩個人碰到了視線，密昔斯Y總要給她丈夫羞怯怯的一個微笑。

午後的辦事時間是兩點起到五點。這中間，忙是跟早上一樣的，但，論辦事的能力和成績好像是早上好一點。這大概一是爲人們吃得飽了，二是因爲將近黃昏的時候，都會的人們常受妄念的引誘。都會人的魔慾是跟街燈的燈光一塊兒開花的。所以一到五點前後，辦事員的臀部常常是粘不着椅子的。但密斯脫Y却兩樣一點。他的腦筋是不會因妄念而散慢的。一個意識在集中的時候，別的意識在他腦裏常占不到地位。不到五點鐘，他從不會離開他的椅子。

五點過後，整日那麽樣地充滿着活氣的大房子，也就悄然寂靜了，像颱風過了後的沙漠一般。

這時假如密斯脫Y不打電話叫密昔斯去在什麽影戲院相待，他一定一直回到家裏去的。於是大概他們倆兒便在溫暖的一角排起茶器來的吧！

這是密斯脫Y的一日的生活的大略。不常常是這樣，那是用不到說。但是卽使有點變更，也差得不遠。這裏面有着什麽祕密，我們絲毫無從知道。但他的事業的進展確是在他這簡單的生活中造出來的。意志力？規則性？正確？簡潔？速度？我們猜不大出。或者是牠們的總綜合也說不定。

但是……但是，這已是半年前的話了。因爲半年前密斯脫Y失掉了他的可愛的密昔斯，於是半年來密斯脫Y的生活便蓋上了一層灰幕，并且有了大轉向。因爲食桌上少了一盆青菜Salade的關係，他的日常的行動竟大起了混亂。

第一他到辦公室的時間便不準確了。總是遲到。遲到一點鐘是最普通的，但有時候竟遲了兩個鐘頭，三個鐘頭，甚至於到了吃午飯的時間，連影子也不肯給人家看一看。不但這樣，就是在辦公室裏他的舉動，判斷，一切都沒有以前那麼輕快敏捷了。連說話都有點不高興的樣子。坐在他對面一個辦事員時常看見他在辦事中掩嘴打呵欠。這中間總有理由。據消息靈通一點的辦事員的話，他們的Boss聽說天天晚上都涉足舞場。也有人說曾在晚上一兩點鐘光景，看見他擁抱着異樣地盛裝着的女人坐着汽車從黑暗的街路上走過。當心細看時，密斯脫Y近來身體確實有點瘦了，目光也不像以前那樣光閃閃地發燄。但是這些都是猜測和表面上的一點點的變化，到底密斯脫Y近來確實過着的是那一種生活卻從沒有人知道。事實是只有一個而已：就是在上半年的結算期，成績統計表上的數字竟大大地低了下來。這事連密斯脫Y自己都覺得莫名其妙。

照他良心，他並不曾不熱心於做事。而且這期因爲多得到了兩個營經方面的老幫手忙，所以他是預想着有比以前更好的結果的。怎麼會這樣？於是密斯脫Y便有點急了。他使盡能力想補救一下。可是仍然沒有什麼效力。反之他越急，越想盡力，事體越不如了，但他始終不放棄挽回的念頭，他是相信着自己的能力的。於是事業呈起活氣，事務也加倍忙了，雖然是不大有系統的。這中間最吃虧的，要算密斯脫Y的身體。頭昏，便祕，腹痛，寒熱，食慾減退，睡眠不足，差不多無所不來。最後甚至於在家裏臥到兩三天不踏入辦公室半步也有。

這消息最使他的姑母朱夫人担憂。因爲密斯脫Y從小差不多一半是這姑母撫育的，所以她的疼愛他有甚於自己的兒子。她把密斯脫Y最近的一切的現象簡簡單單地歸在失內助的理由上，於是替自己的姪兒決意，要他在辦得到的最短時間內再娶。她在一個禮拜內晚上遠遠地從法租界的盡處到虹口的姪兒的家裏來找了他四趟都找不着。於是她便在一個禮拜一的午飯時間到他的辦公室去找他，而在一家乾淨的小菜館的桌子上，排出了半打多的女兒的名字。

對於續絃，密斯脫Y並不反對。但他總覺得太快了。又因爲恰巧是他的事務吃緊的時候，所以無暇去想牠。然而被這着急了的姑母一迫，却也想不出什麽理由來反對。所以他聽了聽朱夫人對於半打多的候補者的個個的說明之後，便在冰淇淋的上面選出了兩個名字：密斯A和密斯W。

事情快速地進行了。禮拜四便是密斯脫Y和密斯A的會見日。那天晚上在姑母家裏先由姑母介紹過了之後。於是三個人便出發聽馬連良去。那是姑母的意見。

密斯A今年二十歲，是姑母家裏遠親的一個女兒，密斯脫Y以前好像也曾見過她一次，雖然那時沒有印象。但那晚在那紛雜的人堆裏仔細一看。却是天生麗質。他最愛她那墜着兩片搖搖動動的翡翠的，兩扇碧海裏的貝殼一般的雪白的小耳朵。舉止温純，感情聲音都爽朗，實在不愧姑母的誇口。更妙的就是她有地方彷彿使密斯脫Y喚起他對於死了的密昔斯的幻影。總之她確實是一個坐在身邊一塊兒聽馬連良的好侶伴，雖然不曉得她纖細的小手會不會料理美味的靑菜葉。

禮拜六的下午密斯脫Y就在一家影戲院裏繼續會了第二個後補者密斯W。這趟却只是當事者兩個，因爲朱夫人家裏有點事，而且她看不懂Talkie，所以在院內的正廳把一個Permanent wave的W小姐交給了姪兒之後便先走了。

密斯W十八歲，今年剛脫離了舍監的手裏。刻在蘋菓般的臉上的兩顆大眼睛好像是憧憬的圓窗。聲音是小孩子對母親告訴着什麼似的粘貼貼的。她的態度也很不像是對於初次密會的男人的。她說話，又是不管東西南北，想說就說。他們倆在前排的椅子坐下不過三分鐘，她便不顧人家聽見不聽見，獨自地這樣說：——Y先生，聽說你失了可愛的夫人，眞可惜！她很漂亮的，是嗎？……我媽說你很有錢，叫我嫁了你可以快樂一世。但我是處女，我不願嫁一個爸爸。你想，你差我十多歲哪！……我的男朋友都沒有一個過二十歲的。對啦，只有T是二十二。可是自從在朱夫人家裏看見了你的照片，就不……（她在這兒把口湊近密斯脫Y的耳邊。）我愛上你了。你能夠喜歡我嗎？眞的，你比照片更好……以後她的話差不多是這種調子，多半是關於那一個男明星好那一個男明星不好。她講的時候，能度認眞，視線釘住在她的Y先生的臉上，嘴唇邊浮泛着微笑。

這W小姐在密斯脫Y的確是從未嘗過的異味。起初他雖然吃了一驚，仔細地玩味時，他便漸漸地發見了在她和他的會計簿的中間的一條通路。他在黑暗中好幾次有了想把她像開映中的銀幕上的情人一般地抱在懷裏的衝動。他想這個數學性的小姑娘是與死了的密昔斯同樣有價值的。

於是密斯脫Y不得不迷惘了。他確實想不出到底娶密斯A好呢，還是娶密斯W好。所以禮拜天朱夫人來徵求他的意見的時候，密斯脫Y便給她一個回答：「兩個都好。」

——那怎麽行?!

朱夫人認爲她姪兒的態度不認眞，拿她開玩笑，所以留她吃飯也不肯，怒氣勃勃的留着一言是限他三個禮拜之內選出一個給她答覆便走了。

可是在密斯脫Y做事似乎是比夫人重要。「忙」不但使他忘記了給朱夫人的答覆，而且連那兩個後補的印象都漸漸地抛入朦朧國裏去了。所以到了三個禮拜之後，朱夫人仍是空待着。

到禮拜一，朱夫人於是下了很大的决意，把密斯脫Y仍舊帶到那家乾淨的小菜館裏，在很長，很長的說教之後，再提出了她新近發見的一個密斯S。照她的話，密斯S是美麗，温柔，懂音樂，講西洋話……總之是，一切好的要素的總結晶。

然而朱夫人的話却多半不入密斯脫的耳裏。他雖然對於朱夫人的話時常點着頭，但他的思想上却不能離開大後天的旅行。所以，飯後，當朱夫人約他下個禮拜幾帶新後補來給他看，想走時密斯脫Y便給她認眞地這樣說：

——我想不必了。因爲我大後天爲商務上不得不到廣東去跑一趟。所以現在的話是這樣：你選過的無論那一個，能夠在兩天之內跟我結婚的我就娶她。

朱夫人雖覺得這又來得太唐突，但也並無不滿意。她說兩天之內一定弄一個成功給他。

兩天後密斯脫Y在總統船室中柔軟的床上擁抱着的却不是耳朵垂着翡翠的密斯A，也不是 Permanent wave 的密斯W，而是到昨天還不相識的密斯S。因爲密斯A的祖母恰在前天逝世，而密斯W又跟父親到青島去不在。所以做了密斯脫Y的新 Mrs. 的，便輪到了密斯S。密斯脫Y於是在桃色的感情中，一邊聞着在身邊氤氳着的溫香，一邊手掌裏樂着美滿的觸感，想：我早知道了，"teen" 內的女兒是沒有一個不可愛的，誰不願意在新洗過的床巾上睡覺。於是他便覺得像解决了方程式一般地爽快。

至於密斯脫Y得到了新夫人之後，他的統計表上的數目會不會騰漲，那是要待下期的總結算。

一九三〇年四月初版
一——一五〇〇

都市風景線
實價五角

有著作權

著作者 劉吶鷗
出版者 水沫書店

發行所 上海北四川路公益坊內 水沫書店

图书在版编目（CIP）数据

都市风景线 / 刘呐鸥著. -- 天津：百花文艺出版社, 2020.4(2024.1重印)
(现代文学名著原版珍藏. 第三辑)
ISBN 978-7-5306-7828-2

Ⅰ. ①都… Ⅱ. ①刘… Ⅲ. ①短篇小说-小说集-中国-现代 Ⅳ. ①I246.7

中国版本图书馆CIP数据核字(2020)第062273号

都市风景线
DUSHI FENGJINGXIAN
刘呐鸥 著

选题策划：唐冠群　　**美术编辑**：张振洪
责任编辑：胡晓童　唐冠群
出版发行：百花文艺出版社
地址：天津市和平区西康路35号　　**邮编**：300051
电话传真：+86-22-23332651（发行部）
+86-22-23332656（总编室）
+86-22-23332478（邮购部）
网址：http://www.baihuawenyi.com
印刷：宝蕾元仁浩（天津）印刷有限公司
开本：787×1092毫米　1/32
字数：66千字
印张：5.875
版次：2020年4月第1版
印次：2024年1月第4次印刷
定价：20.00元

如有印装质量问题，请与宝蕾元仁浩（天津）印刷有限公司联系调换
地址：北京朝阳区西坝河南路6号西座102室
电话：(010) 84498866 邮编：100028